身辺の記 Ⅲ

矢島渚男

身辺の記 Ⅲ
＊目次

身辺の記　III

吉田秀和

五月二十二日、音楽評論家の吉田秀和氏が亡くなられた。九十八歳であった。死後には名馬がいなくなったと言われる古代中国の伯楽に例えていえば、もうしばらくの間、名演奏家や名レコードは出なくなるのではないかとさえ思われる。

私などが乏しい小遣いでSPレコードを買って聞きはじめたころは、あらえびすの名曲紹介くらいしかなかった。これは今では感想文の域を出ないものだっただろう。氏は音楽批評を一挙に文学の域まで高めた。レコードや演奏家は密接に商業資本と結びついているから、それを批評する仕事は生計にもかかわってくるものと思われるが、氏は毅然として批評の立場を貫いて崩れることがなかった。「ため」にする文章は書かず、決して妥協することがなかった。氏がもっとも愛好したピアニストであるホロビッツの来日公演に際してさえ、彼の衰えや不調を見抜き「ひびの入った骨董品」と率直に評して、絶賛するばかりだった世人を震撼させた「事件」はよく知られている。

おおかたの世論に逆らって一貫して支持した演奏家にカナダ出身のグレン・グールドがいる。氏のお陰で私なども旧いピアノを使っての革新的な解釈で弾かれたバッハをはじめとする曲の数々を楽しむことができたのだった。「レコード芸術」に連載された『之を楽しむ者に如かず』はやさしい豊潤な文体によって書かれ、現代日本語のもっとも優れた達成の一つではなかったろうか。

忍び音に吉田秀和氏を悼む　（12・6・24）

円空忌

この国の数ある仏教者のなかで、ことに私の興味をそそる三人の僧がいる。鎌倉時代の清僧・明恵、応仁の乱のころを「狂」に生きた詩僧・一休、そして江戸初期の木食僧・円空である。

郡上八幡市での俳句大会の日はちょうど円空の忌日であった。元禄八年七月十五日を新暦で修しているのだ。円空は六十四歳のとき、故郷に近い現・関市長良川の川べりに穴を掘り竹竿一本を通気口として座し、万民の利福・河川の治水を祈願しつつ示寂したという。真偽のほどは定かではないが、私の中ではそうした人物像ができあがっている。絶え間なく読経の声がきこえたが、数日後に途絶えたこの日を入定の日としているのである。折から満月の日であったのもゆかしい。

円空（一六三二～九五）は僧というより作仏聖《ひじり》であり修験者であった。五穀と塩を断ち生の草木の葉や根を食べて生き、諸国を遍歴しつつ生涯に十二万体もの仏像神像を刻んだと考えられている。しかも木材を使って世界に類を見ない独創的な優れた造形なのだ。何という力に満ちた人だったか。感嘆するほかはない。災害なき世を祈りつつ刻みつづける利他の行であった。

車で行ったので梅雨の中、飛驒地方をまわって帰った。千光寺を再訪したかったからである。険しい峠を越えて高山市から阿房峠へ向う途中の山中にある寺。ここには立木仏や両面宿儺《すくな》の像がある。これは二面の顔をもつ不思議な神像で、円空の格別な愛着さえ感じられる。この神は大和政権の制覇に抵抗した飛驒地方の支配者であったらしく、斧を持つのも飛驒の匠《たくみ》の里にふさわしい。

滾《たぎ》つ水峙《そばだ》つ緑飛驒麗し　（12・7・23）

銀河系宇宙の中を

第二次世界大戦後、電子顕微鏡や天体望遠鏡が飛躍的に発達して人間の視野は極微の世界を極め、宇宙空間を広げ、さまざまな発見や解明がなされてきていることに私は驚いてばかりいるのだが、先日はＮＨＫの科学番組が銀河系宇宙について近年の成果を紹介しているのをみた。

多くの天文学者の関心が遠くの宇宙へと向けられ、自分のいる銀河系宇宙の解明は遅れている中で、一人の天文学者と一人の地質学者が重要な解明をしたという話であった。それは地球上の生物の盛衰にかかわることで、原生代・古生代・中生代・新生代と移り変った地球生物の歴史に幾度かの大絶滅期（それぞれの代の終り）があった理由を説明する画期的な業績という。

銀河系宇宙の中心にあるラグビーボールのような塊の両端から、螺旋状の二本の腕が伸びていて、その中で星の誕生や死（超新星爆発）がひんぱんに起きている。銀河系宇宙の空間を毎秒二千六百キロメートルで移動している太陽系は、一億六千万年の周期で、この二つのスパイラル・アームを通過するが、そのとき地球上の生物に大きな異変が起こってきたのだというのである。いま太陽系は中生代の終った恐竜絶滅の六千五百万年ほど後で、このスパイラル・アームを抜けだした時期にある…なんという驚くべき解明か。宮澤賢治などが知ったらどんなにか喜ぶことだろう。

先端の地質学も数億年の昔までの大気中に含まれていた二酸化炭素や酸素や「軽い水と重い水」の比率を明らかにしていて、この天文学上の成果を裏付けることができるのだという。

自然科学の叡知がここまで進んでいるのに、宗教や国家の対立などからの殺し合いから抜けだすことが出来ないでいる人類…この偉大にして卑小な存在よ。

（12・9・20）

松阪の鋤焼

　奈良から松阪駅に着いたときは四時を過ぎていた。もっと早く着く筈なのが電車を間違えてしまって遅くなり、もう暗くなり始めている。急いでタクシーに乗って閉館間近の本居宣長記念館に着く。親切な運転手が坂を登って交渉してくれた。いま鈴舎《すずのや》は城内の記念館の敷地に移築されている。がらんとした館内に入ると向うから、どこかで会ったような人がくる。なんと佐佐木幸綱さんではないか。短歌大会の講師で来たのだという。お互い奇遇に驚いて握手。興味深い展示だったが、残念ながらそそくさと見終って士族町などを見物しながら牛鍋屋へ行く。

　松阪といえば松阪牛。これを食べずには帰れない。運転手に聞いておいた明治半ば創業という老舗ののれんをくぐる。黒光りの階段を登って広間に通された。他に四人の客が食事を終って談笑している。覚悟はしていたが、はたして高い。六千円から一万円まで。折角来たのだからと一万円のものを奮発する。牛は但馬のもので松阪牛というものはないという。冷酒と妻のビールを注文したが、突き出しも出ない。やがて仲居さんが鍋を持ってくる。小さな掌ほどのやや厚めの霜降り肉が一人に二枚。鍋に脂を敷き肉を二枚乗せ砂糖を上からまぶし醤油をかけて焼き、卵皿に入れてくれる。さすがに柔らかで旨いが、あっと言う間である。すると葱、茸、豆腐に少し垂れを入れて食べさせ、それが終ると残りの二枚を前と同じように焼き、飯・味噌汁に漬物が出て、終り。おかずは他に何もないのだから、「これじゃ口説くことも出来ないし、商談も成立する暇がないね」などと仲居さんに冗談を言ってやる。忘年会などにはまことに不向きな食事と思われるが、七十代の夫婦にはこれで十分。「本場」の鋤焼を食べた思い出になるだろう。宣長に敬意を表しにきたのか、牛鍋を食べにきたのかわからなくなった。

（12・11・18）

天の川寒し

なまじっかに自然科学の成果を噛ったりしていると、世間通常の感じ方からだんだんに離れてしまう。風景を見ても空を見ても、寒暖につけても宇宙を廻っている天体を基に気持ちが組み立てられてくる、そんな感じなのである。俳人としては歳時記的知識や感性が大事なことは十分に存じながら、かなり多くの季語が、地球的規模になっている現代の生活感からだんだんに遠く、つまらないものに思われてきて、軽々と安易に俳句を作ることが出来なくなってしまって、困った。

先日も夜空を仰いでいて思ったことは、これまで「天の川」などと呼んできた銀河系銀河が大宇宙のなかでは、とても小さい存在なのだということであった。太陽系の一惑星に生きている人間。だが、大宇宙には「天の川」のような銀河が一千億個も観測されているという。なんと、似たような銀河が一千億もあるのだ。その中にあって、われわれの銀河系は小さいものなのであるという。

結局うかんできたのは「銀河系銀河小さし」という片言だけであった。しかし、小さいとは言いながら、とてつもなく大きな内容ではある。でも、これでは科学的認識の断片にすぎまい。いったい、どういう座五を付ければ俳句になるのだろうか。さんざん半月ほど考えた末に至りついたのは、冬空を見上げながら寒さに震えていたという卑小な個人的な事情であり素直な感慨であった。「ただ寒し」。これで辛うじて俳句たり得るだろうか。寒々とした心象風景にはなった。

銀河系銀河ちひさしたゞ寒し　（13・2・13）

紅梅

東北の大災害から二年がやってくる。さまざまな報道や分析がマスコミを中心に続いている中で、私は吉村昭の『三陸海岸大津波』（文春文庫）を読み返しつつ、虚しい思いがする。すべては後の祭りである。過去に学ばず、忘れやすい大らかで危険な民族性？　が思われてならない。

この本には明治時代以降三度、三陸地方を襲った津波被害の状況が克明に記録されている。ここに書かれた記録が住民や当事者によって真剣に受け止められていれば、これほどの災害はなかったに違いない。津波の高さだけをとっても一八九六（明治29）年のとき十〜二十m、場所によっては五十mを越えている。一例をとれば、福島原発の津波の「想定」は十m以下だった。三年前に検討の機会があったが、大企業にとっては子供の小遣いにも足りぬ出費を惜しんで対策を講ぜず、破滅的な事態を招いている。

吉村昭は生存者たちへの丹念な聞き取りや徹底した調査に基き、淡々と事実を積み重ね、記録している。そして、三陸沿岸ではほとんど同じような悲惨な事態が繰り返された。彼は、またやがて津波は来るとも、もしも来た時はなどと警告することもしない。それが彼の流儀だったのだ。氏には『関東大震災』（文春文庫）もある。これも今読まれなくてはならない本だろう。

『紅梅』という、妻の津村節子が彼の死に至る癌とのほぼ一年半にわたる闘病生活を微細に描いた小説がある。

茶の間の前の利休梅が枯れてしまっていた跡に私は、ふと思いついて昨日紅梅の幼な木を植えてもらった。何を植えようか迷っていたのだが、紅梅になったのは、あるいはこの本の題名が微妙に影響していたのかもしれない。

紅梅を植ゑるひそかに生きるため

（13・3・8）

出雲と大和

奈良盆地の「山の辺の道」といわれる古道を歩いたのは、もう二十年以上も昔のことになる。麗かな春の日でのんびりと一日をかけて歩き、箸墓古墳などを眺めたりした。最近では邪馬台国の卑弥呼の墓の可能性が高いとされている前方後円墳である。終点には三輪神社がある。

月 の 山 大 国 主 命 か な　青畝

はこの秀麗な山を詠った名句だが、この句のとおり山自体が神であり麓に拝殿のみがある。大和盆地の中心に出雲の神が祭られているのは何故なのだろうというのが、そのとき以来の私の疑問であった。そうした疑問を解決してくれる本がいま出ている。村井康彦氏の『出雲と大和』（岩波新書）である。

氏も同じ疑問から出発し「それは出雲勢力が大和に早くから進出し、邪馬台国を創ったのも出雲の人々だったからではないか？」という推論をたて、記紀・風土記の神話や磐座や神社の分布・考古学の成果やカメラを携えた実地検証などによって歴史を根底から考え直してゆく。その論証は説得力があり、目から鱗がおちる思いであった。

製鉄技術によって発展した出雲地方の勢力（大国主神）が大和地方に進出し、邪馬台（ヤマト）国をつくり、やがて卑弥呼の時代をへて、九州地方の豪族が邪馬台国を制圧して大和政権をつくったという。そう考えると日本書紀などの記す神武天皇による東征神話が見事に位置づけられる。征服ではなく「国譲り」という降伏の形であったから、出雲勢力は存続して影響力を保つことができた。三輪山が大国主の神として存続したのもその一つと考えられるという。

（13・4・20）

蘆花の家

群馬県の伊香保温泉の会で話をしてくれと言うので、この機会に徳冨蘆花の『不如帰』を読んでおこうと思い立った。伊香保はこの明治の最大のベストセラーによって一躍世に知られるようになった地なのである。かつて『みゝずのたはごと』や『謀叛論』を読んで感銘したことがあったが、『不如帰』は浪子と武男の名を知るくらいで、感傷的な恋愛物か、くらいに思っていたのだが、読み出すとやめらない。若い夫婦の愛にからめ、嫁姑の家族制度や軍隊内部の汚職などを鋭く告発した社会小説でもあり、今読んでも十分に面白い。漢文調の名文で展開も巧みだ。虚子が涙しながら徹夜して読んだというのも誇張ではなかろう。「小説に涙を落す火鉢かな　虚子（葉書）」

蘆花はこの小説の刊行（一九〇〇年）から十年後に起こった大逆事件に際

して幸徳秋水らの被告を擁護する講演を行ったことでも記憶されるべきである。天皇暗殺未遂事件―そう思いこまされていた世人の中にあって、なんという信念と行動の人であろう。トルストイにも会っている。

伊香保には蘆花記念館があって、ここには亡くなった旅館の離れなども移築されている。生家は熊本水俣の船問屋で細川藩の惣庄屋、兄の蘇峰の豪快に対して、ひ弱な性格の弟。兄弟はともに京都の同志社に学んだが、兄は新島襄の妻八重を排斥する運動を起し、弟は八重の兄の娘を恋したが家族らの反対にあって挫折する。欧化主義・平民主義から国粋主義者となって国家権力と手を結んだ兄。「国賊」の秋水らを断乎として弁護した弟。二人の紆余曲折する葛藤も興味深い。兄は第二次大戦に協力し、弟は静かに自伝などを書いた。

ほととぎす伊香保に残す蘆花の家

（13・5・20）

冤霊《えんれい》の鐘

『おくのほそ道』で芭蕉が訪れた日に平泉町で話をすることになり、前日の夕刻中尊寺を訪れた。光堂は何度か拝観しているので、案内を受けて初めて接して感動を受けた二つについて記す。

一つは中尊寺の経堂に安置されていた文殊菩薩像で、今は宝物館の三衡蔵《さんこう》にある。黒豹を思わせる精悍な獅子に半跏して坐し、四人のリアルに造形された従者を従えている。外気に曝されることが少なかったためか保存が極めてよく金箔の剝離もない。十二世紀初頭の作品とも思われぬ傑作であった。「曾良旅日記」が記すように管理者不在のため、経堂の内部を芭蕉は見ることが出来なかった。記憶も薄れていたのであろう、見ていないのに見たように書いたので「経堂ハ三将の像を残し」という間違った記述を残してしまった。この旅行記中のたぶん最大の誤りであろう。

もう一つは藤原清衡の「中尊寺建立供養願文」である。元本は失われ、二種の写本が残る。その中に鐘楼建立について「朽ちし骨はなほこの土の塵となる。鐘声の地を動かすごとに、冤霊をして浄刹（浄土）に導かしめん」という一節があり、「冤霊」の語にいたく打たれた。罪無くして殺された人々の霊—それらの中には大和朝廷によって無惨な死を遂げたアテルイ・モレ等の死霊もあろう。この一語には東北の深い恨みが籠められているのではないか。数知れぬ東北の無辜の民を供養するためにも、中尊寺は金銀財宝を尽くし綺羅びやかなものでなければならなかったのではないか。国宝のこの鐘は今も残るが撞くことはできない。その代りに、翌日、私はこっそりとアヤメ祭で賑わう毛越寺の鐘を低く三度撞いた。深く美しい音色が身に沁みた。

みちのくの冤霊へ鐘あやめ草

（13・7・13）

駒場寮時代の一こま

あまりにも暑いので所在なく昔の寮時代の友人たちが書いた本をめくっていると、思いがけなく私の話がでている。当人はすっかり忘れてしまっているのに、いやに記憶のいい奴がいて驚いた。「…寮を出て矢内原門を通り抜け、井の頭線の踏切を渡ると、すぐ下り坂になって商店街に入る。…左側には蕎麦屋があり、当時もり、かけ20円、カレーライス30円まではよく食べた。その隣が寿司屋ですこし行って左に曲るともう一軒の寿司屋がありこちらの方が安かった。（中略）割合暑かった日の午後、川田と矢島と3人でいた時、寿司を食いに行こうということになった。ところが生憎矢島は、多分洗濯をした後だったので着て行くシャツがなく、どうしようかということになり、有り合わせのタオルや布切れを上体にまとった奇妙な格好をさせて、その姿で寿司屋に行ければ寿司代は2人で払ってやるというと、矢島は気おくれするかと思ったら、さにあらず、行くといって出て、途中いぶかる学生達の目もものかはスタスタと例の安い方の寿司屋まで我々を引っぱるように歩いて行き、おかげで2人は寿司代をせしめられてしまった。出発の時点でこの賭けはすでに負けるのは判っていた。しかし負けた故なのか記憶にとどまっている。」（伊勢賢郎『1954東大駒場寮社研』2005年刊）

寮生の大方は貧乏（ゲルピン）だった。戦後父の仕事がうまくいかなかった私も仕送りが少なく一日百円程度の生活をしていた。本も買えなかったが、精神だけは皆軒昂として貧乏を嘆くことはなかった。カレーライスが三十円だった時代、寿司代はいくらだったのだろう。このときの服装（？）は『魏志倭人伝』の貫頭衣に似て、二枚のタオルを前後に垂らし首のところで結んだだけのもので、別に奇行をするつもりもなく、ごく自然の振舞だった。

（13・8・9）

満月と肺魚

○今年の満月は完全な円であった。台風の去ったあとの晴れ渡る空に輝いた。こんな月は八年後でなければ見られないという。兎が餅を搗いているなどと言っている黒ずんだ部分は内部から噴出した玄武岩質の岩石。白く輝いているところは無数の隕石が衝突してできたレゴリスという尖った細かい粒が覆っているところで、これが太陽光を乱反射するから真ん中も端も明るく、平たい円盤に見える。満月は半月の約十倍の明るさである。月が回転せずいつも地球に同じ面を向けているのは月が誕生した直後の大きな星の衝突によって裏側部分が重いからだという説もある。また、名月の日はいつも仏滅であるが、それは仏滅・大安などの暦注の六輝が陰暦八月十五日を起点にしているからだ、などというつまらぬことまで学んだ。ともかく月と地球生物との関係は極めて深い。

○上越市の水族館で肺魚に出会った。シーラカンスやサメなどと同じように古い起源をもち、約四億年前のデヴォン紀に魚類としてはじめて肺呼吸をはじめた魚である。浮袋が肺に変り鰓呼吸を止めた。その後一億年ほどかかって彼らの仲間が陸上に進出し、肉鰭が足に変化した。つまり、この魚がわれわれ陸上動物の先祖なのである。人間などの指は魚の鰭が変化したものだ。

水槽の巌の上にじっと微動だにしない。黒ずんだ哲人のごとき複雑な顔にしばし見入った。でも三十分ほどの間隔で空気を吸わなければならず、水槽の上に空気がないと死んでしまうという。これは不自由だ。そこで、ある仲間が「思いきって」陸に上ってわれわれの先祖になったのだ。四億年―なんという遥かな昔だろう。その間、地球は幾度かの大異変に襲われてきた。

見る我も四億年の肺魚も秋

（13・9・23）

団栗集め

新聞の選をしていたら「負けるなと木の実拾ひき戦時の子」という句に出会って戦時中の国民学校時代のことを思い出した。「負けるな」はアメリカとの戦争に負けるなの意味だろう。木の実は団栗類、たぶん私と同世代の人で第二次大戦時の自分の子供時代を詠ったのだろう。私も裏山で団栗などを拾い集めて学校へ持って行ったことがあった。宿題のような義務だった。戦局がだんだん破滅へ向い、食糧事情が切迫してきた一九四四（昭和19）年の秋のことだったろう。

当時、家の二階に二人、三十歳前後の青年が食事無しの下宿をしていた。若い平常な男は兵隊にとられる時代なので、たぶん理科系出身の技術者だったのだろう。町の会社に通っていた。家には女学校の授業もなく「女子挺身隊」として働いていた次姉がいたので父母は多少心配していたようだ。彼らは雑草や木の実を加工して食糧にする仕事をしていたらしい。「らしい」と言うのは、ある日会社で作ったという乾パンを持ってきて呉れたことがあったからだ。ビスケット大の硬く黒ずんだ褐色のモノで、一口食べてみたが、いくら食糧難時代とはいえ、とても食べられるようなシロモノではなかった。学校に集められた団栗や雑草などはきっとここへ送られたのだろう。

学校では「神の国」日本は「鬼畜」米英などに絶対に負けない、もしも「本土決戦」になったら「一億玉砕」を覚悟で戦え、最後には「神風が吹く」などと教師たちは繰返していて、生徒は「必勝」を思い込まされていた。いま思えばなんとバカバカしいことか。教育というものは恐ろしいものだ。ともかく時流や思想を鵜呑みにしてはならない。それが私の得た教訓だった。

（13・10・2）

類句のこと

類似句や同一句のことは江戸時代にもあった。たとえば、

鴛や獺の飛込む水古し　　蕪村『落日庵』

おぼろ月獺の飛込む水古し　　召波『春泥句集』

獺《かわうそ》は句ではヲソと読む。これは私が偶然に気付き見つけた一例であるが、季語が違うだけで中七座五が全く同じである。先後関係はわからない。召波は蕪村に夭折を惜しまれた優れた弟子で句会を同じくしていた人である。蕪村句の初案は「春ちかし」だったらしいが、そのことはどうでもよく、厳密に言えば二句ともに芭蕉の「古池や蛙飛込む水のおと」を模した類句と言ってよい。おそらく兼題や席題による机上の戯作と思われる。こうした句作法

は蕪村一派の勉強法であったが、机上の作は彼ほどの名人であってさえ類句の弊を免れなかった。しかし、これらの類句の責任は作者の側にではなく、死後の遺句集に撰び入れてしまった編者たちの側にあるだろう。蕪村の代表作のほとんどは席題によってではなく、生活の実情や真情から生れている。

膨大な句が累積している今日では、こうした厳密さを作者に求めるのは不可能に近いであろう。全国俳句大会で見かけるような入選を狙った盗句や模倣句は自らを卑しめる行為であるが、意識せぬ類句については、ある程度はやむを得まい。

作句にあたっては、「私はこのように在る。私はこう見、こう感じた」という作句の原点を忘れないことが肝要である。自分を偽らぬ真情の俳句を残したい。

（「読売新聞」13・10・7に推敲）

キャッチボール

共働きの両親の帰りが遅くなる孫と近くの駐車場で久し振りにキャッチボールをした。小学校四年生で放っておくとゲーム機に夢中だが、運動も好きな子だ。私もこの齢のころに戦争が終り、いちめんの藷畑から校庭が復活して、よくキャッチボールや三角ベースをやったものだった。この子も同じ小学校に通っている。ボールを投げながら茫々と子供の日がうかんでくる。

体の中心で受けろ、などとアドバイスをする。最近のグローブは良いから、手を伸ばして捕る癖がついている。俳句でも同じことだろうなどとつい余計なことを考えてしまう。そのくせ自分は足が動かなくなっている。百球くらいか。冬の夕焼空はたちまち暗くなって球がよく見えなくなった。

校庭の藷畑で思い出したのは掘り起していたとき頭骸骨がまるで「ハムレ

ット」の一場面のように出てきたこと。また体育館に赤トンボといわれた練習機が四機、近くの飛行場から運ばれて隠されていて、特攻隊員らも乗ったであろうその飛行機に触ったりしたこと。「うすれゆくひかうき雲へ冬茜」などと駄句が浮かぶ。

帰るとニュースは秘密保護法案の審議や反対デモを報じている。選挙公約には秘密の「秘」の字もなかったのに強行採決しようとしている。これが民主主義といえるだろうか。国民はなんでも出来るようにと多数を与えたわけではない。この安倍内閣、最初からわかっていたことだが、教科書検定の強化、愛国心教育、軍事費増強など「強い」国への危険な方向がますますはっきりしてきた。

この子供たちのために戦中戦後を知る高齢者も平和を守るために何か出来ることはないだろうか。そのかなた、かなたに国境も兵器もない真に心ゆたかな人間の暮らしを夢みて。

（13・12・5）

虚子の軸

虚子の半折軸をいただいた。家の整理をしていたら出てきたので是非私に収めて頂きたいと電話があり、そんな貴重なものをと辞退したのだが、どうしてもと言われるので、では見せてくださいということになった。彼の父は小諸時代の虚子庵の句会にも出席し、「ホトトギス」の実力俳人だった櫻井土音とも交友があった人で、その縁で家にあったのだろうと言われる。

闘 志 尚 存 し て 春 の 風 を 見 る　虚子

という句である。一目で気に入った。寒が明けようとする時節にもよく、今の私を励ましてくれる句でもあったからである。一九五〇（昭和25）年数え齢七十七歳の作、『六百五十句』にあって前から注目していた句だ。これは一九一三（大正2）年の「春風や闘志いだきて丘に立つ」という記念的な句に呼応している。「俳句に復活す」と前書（贈答句集）もし、小説を捨て俳句に復帰してきた時の作品である。

喜寿の年、この句は作られた。同じ「春風」の季語により「闘志」今も尚ありという。戦後五年の当時では高齢化の今と違って喜寿は稀少な老人だったのだし、第二芸術論のあと「ホトトギス」は古くさい保守勢力と見なされてきた時代でもあった。そうした年齢や時勢に立ち向うかのように、この句は作られた。「闘」が堂々と大きく書かれている。

「春の風を見る」の抽象が面白い。「風を見る」という表現はそれまでなかったのではないか。この年の暮に代表作の一つ「去年今年貫く棒の如きもの」が作られている。虚子は、なお老いてはいなかった。この春はこれを掛けて眺めることにしよう。

（14・1・30）

空海と国家

司馬遼太郎の『空海の風景』を読みかえした。一九七五年五二歳のときの小説だが歴史随想というに近い。学生時代ゼミで難解極まる『秘密曼荼羅十住心論』を読まされて以来、空海という人物は私にとって空漠な闇であり、その壮大な思想と卑小な鎮護国家仏教との内的なつながりに興味がある。

司馬氏は、中国留学を通じてこの時代には稀な「人類的人間」となり「精神的帝王」となっていた空海を「天皇は宇宙と生命の思想からみてもただの人間であるにすぎないと思っていたに相違なく」そこから「彼の国家や（嵯峨）天皇に対しての、これを翻弄するかのような態度」が出てくる。「自分と天皇との関係を対等というより、内心は相手を手でころがして土でもまるめるようなつもりでいたらしい気配がある。…自分の密教をもって鎮護国家を説き、あるいは教王護国などといって恩を売りつけ、地上の権力を自分の道具として思想の宣布をはかろうとした」といわれている。ほぼ正しいであろう。ここには思想と権力、個人と国家とのせめぎ合いがある。

第二次大戦末期に学徒動員され、千葉海岸で戦車隊の小隊長であった彼は、上官から敵が上陸して来たら東京へ向えと命令される。道にあふれる避難民たちをどうするのですかと質問すると「踏み潰して行け」との答えであった。上官の命令は神である天皇の命令であった。

この強烈な体験が氏の原点となり生涯を貫く大きな主題になった。「国家」とは「日本人」とは何か。近代国家の成立から天皇制ファッショ国家にいたる道筋はどうであったか。そして、彼は国家のなかの人間のさまざまな姿を描きつづけた。この国の現状を氏ならば何と言われるか。戦争ができる国へ、原発再稼動へ…。日本人の性情が問われている。

（14・3・6）

フリードリッヒⅡ世

神聖ローマ帝国皇帝・フリードリッヒⅡ世（一一九四〜一二五〇）という巨人を知らなかったことを恥かしく思う。いま塩野七生による詳しい評伝を読み終ったところである。四十五年にわたって構想を練ってきたという力作で、ヨーロッパ中世の暗鬱な時代にひたることができた。

一二二八年第六次十字軍を率いてイスラム世界に向い一人の血も流さず、話し合いによってイェルサレムを回復した人。ギリシャ・ローマの古典を身につけ、世に二百年も先駆けてルネサンス人として生き、君主制法治国家を建設した人。ローマ法王と激突し、三度も破門され異端者とされながらも妥協なく闘いつづけた人。「最も偉大な統治者であり、世界の驚異であり、多くの面ですばらしくも新しいことを成した改革者」と同時代のイギリス修道士によって書かれた人。

彼は、ドイツ皇帝の父とノルマン王朝末裔の母との間に生まれ、イタリア半島の先端に位置するシチリア島のパレルモで多民族・多宗教に囲まれて育つ。四歳で孤児となり、十四歳までの間に言語に限ってもイタリア語はもとより、フランス語、ラテン語、ギリシャ語、ドイツ語、アラビア語を読み書き話すことが出来、武芸にも熟達し、すでに王者としての威厳もそなえ、十四歳でみずから成人を宣言してシチリア王となる。十字軍に際しスルタンとの外交交渉によって無血開城にいたったのはアラビア語を自由に操ることができ、相手の文化への理解と尊敬を持っていたからであった。そしてイスラム世界に蓄えられていた古典文化—科学的実証主義を西欧に導き入れ、アラビア数字も導入した。これらは「世界の驚異」の一端にすぎないという。南イタリアに彼の建てた正八角形の美しいデル・モンテ城が世界遺産となり、ユーロ通貨に刻まれた。

（14・4・19）

「死後は無」

再びフリードリッヒⅡ世について。神聖ローマ皇帝の彼は一二五〇年満五十六歳、南イタリアで死んだ。最期の言葉は「ポスト（後）・モルティム（死）、ニヒル（無）」であったと伝えられ、このラテン語を塩野七生氏は「死ねば何もない」と訳している。そして、ほんとうにそう言ったかは疑問だが、彼にふさわしい言葉として伝説化したものだろう、と言う。

日本では鎌倉時代の中頃にあたる時代、西欧はむろんイスラム世界でも、人間は死んだら「地獄や極楽」へ生き返るという信仰に生きていて、それを根底に現世の秩序も作られていたのだった。その時代に「死後は無だ」と言うのは神や霊魂の存在を否定し、無信仰を表明したことを意味した。

なぜ、当時の人々が彼に「ふさわしい言葉」として受け入れられたのか。

彼はギリシャ文化を通じて、全ての現象は原子の離合集散であり霊魂は存在しない、とするデモクリトスやエピクロスの哲学を学んでいたに違いなく、ルネサンス時代の知識人でさえ信仰は捨てていないのだから、まさに過激な「世界の驚異」だった。ローマ法王から三度も破門され、異端者（逮捕されたら火刑）とされても動揺しなかったのは、こうした思想的な武装があったからであろう。「死んだら何もない」…確かに、死後は知覚する器官も、考える脳も無く、「私」にとっての世界は消滅し、来世も無い。近代の個人主義や虚無主義に近い。集団の中での個人の行為は、死後も記憶として、ときには書物などに蓄積されて受け継がれ、後世を益し、後世へ作用してゆくことがあるのも事実なのである。ヒトはヒトの中に生き続けることができる。「死後は無」と言いながら、彼ほどこの世の生活を愛し、現世の改革のために奮闘した人はいなかっただろう。

（14・5・16）

子規、ある句会

ある雑誌で永田青嵐《せいらん》の特集を読んだ。彼は関東大震災のときの東京市長で、「ホトトギス」に投句していた人。震災に際しての句と随筆が載っていた。東北を襲った津波などの作品が話題になっている折から取り上げたのであろう。句はバラックやテントに暮らす人々や屍を焼く光景などを詠っていてそれなりに出来てはいる。散文や映像に比べて九十年も経てばこんなものかと、総体として俳句表現の限界を感じたが、なかには古調ながらもちょっと面白い句もあった。

蚊帳釣りて余震侮る女かな
避難車に三味線積めり月の秋

三高に入学したとき虚子と碧梧桐は二高へ去った後で寒川鼠骨《そこつ》に教わって

俳句を始め、受験で上京した一八九九年子規に会った。その時の回想が『俳諧懺悔』にある。たまたま碧梧桐も来合せて、子規は絶えず咳をしながらも元気よく話をしていたが、せっかく来て呉れたのだから句会をしようと言い、菊人形などの題で作句した。子規は「次々と碧梧桐や私に話しかけてのべつに饒舌って居ながら、一寸筆を握っては紙片に句を書いて居る。書きながらも饒舌って居ると言った塩梅で、何時俳句を考えて居るのかを怪しむ位であった」。そのとき苦しまぎれに〈一つ見て行き過ぎにけり菊人形〉という句を作って出したが、選句になって〈二つ見て行き過ぎにけり菊人形〉という句が出てきて驚く。「一つ」よりも「二つ」の方が余情があると思って選んだら何と子規の句だった。子規は彼の「一つ」の句を選んでいた。「私は大いに閉口してやはり二つの方が面白いと言った。子規はニコニコして笑って居た」。そして二日後の日本新聞に「一つ」の句が掲載されてますます恐縮した。愉快な話ではないか。

（14・6・5）

日本列島の形成

氷河期の終る一万年前、氷が溶けて海面が百メートルも上昇した結果、日本列島は朝鮮半島から分離して現在のような形になった…そんなふうに漠然と思っていたのだが、いまは詳しい探求がなされていて、それ以前に列島は八つの小さな島が結合したり分離したりして出来てきたことが分かった。

それは蝸牛—マイマイカブリとそれを食べるオサ虫のDNA分析から日本列島には八種類（亜種）の蝸牛が分布していて、オサ虫も八種類が分布し、その分布図が重なっている。蝸牛はのろのろと這う軟体動物でオサ虫は羽が退化して飛べない昆虫だから、この分布図はかつて八つの島であったことを示している。それによると九州、四国中国地方、紀伊半島、中部地方、関東甲信越、南東北（福島・茨城・新潟北部）、北東北（宮城・岩手・山形・秋田)、青森と北海道、おおよそこんなふうに、それぞれが独立した島であったことがわかるのだという。(中村桂子著『生命誌とは何か』講談社学術文庫)。

二千万年の昔、大陸から一部が剝がれて分離し、千五百万年前に折れ曲って二つに分かれ、さらに二つの島は北が三つの島、南が五つの島に分かれた。それからの数百万年の間、島々の動植物はそれぞれの環境に適応して変化していった。やがて、これらが合体したり分離したりして現在の列島ができてきた。このことは古い岩盤に残される磁気の方角を調べた地質学の研究からも裏付けられる、という。

プレート移動による地殻変動、活発な火山活動などの変動が行われた後、人間がこの列島に移り住んだ。われわれは何も知らずにこの島の変化に富んだ自然を楽しんでいるが、その背景にはこんな自然史がかくされている。そんなことを考えながら、しばらく楽しい時間を過ごした。古事記に大八島の語があって内容は違うが、偶然「八」という数は同じだった。(14・7・9)

虚子の推敲

昼の星見えしよりその茸生え　一九四七年十月十四日・小諸虚子庵

爛々と昼の星見え菌生え　（一九四八年一月号・『六百五十句』）

去年今年貫けるもの棒のごと　（原句）

去年今年貫く棒の如きもの　（『六百五十句』）

「この二句の原句が発見されたのは、ごく最近である」と深見けん二が書いている（『高濱虚子句集　遠山』）。虚子は句会（兼題）で句を作るのを好んでいたが、一年を経て「ホトトギス」の句日記などに推敲した作が出されることが多かった。この二句も句会のときの句が発見されたもの。これらは虚子を代表する句であり、実に興味ふかい。原句のままならば―ことに茸の句は普通の句であり、句集から落されても不思議ではない。それが推敲によって断然たる秀句に変っている。

「菌」の句は小諸時代最後の句会での作で「長野俳人別れの為に大挙し来る」と添書がある。解釈はいろいろなされてきているが、長野県内の各地から集まってきた中に、深い井戸水に星が映り、井戸の石垣に茸が生えていたと言う人が居て、その話を聞いての即吟であったことが、原句から分かる。しかし「より…その」は何のことかわからない。たぶん彼の持参した茸のことを言ったと思われるが、このあいまいな言葉を削って、「爛々」という力づよい、事実として断定する言葉を得て飛躍した。「茸」も「菌」になった。「見え…生え」という即興即吟のリズムは推敲にも生かされている。「去年今年」の原句は分かりやすいが、格調が足りない。「貫く棒の如きもの」と言い切り、高い格調を得ている。完成への凄まじい執念である。（14・8・11）

善光寺の僧

学生時代、例によって砂町に波郷先生を訪ねて選句していただき、雑談になったとき、「こんど、善光寺の坊さんが投句してきたよ。とても立派な字を書く人だ」と言われた。同じ長野県ということで話されたのだろう。名筆の先生が褒めるのだから、どんな人だろうと思い、それが句ではなく字だったのも印象に残った。

彼はその後めきめき頭角をあらわし、やがて善光寺常行院の住職で、臼田亜浪の「石楠」系の俳句結社の編集長をしていると知った。同郷のよしみ、休暇で帰ったときに訪ねた。七歳年上だが、同じ先生の弟子だから、師を語って意気投合、親交を結んだ—つまり飲み友達になった。彼のくれた短冊が二枚ほどある。いい句であり、いい字である。

僧われにひとつ呉れ去る初音売　素香

かりそめの手枕のごと涅槃像　〃

彼は中国の書画骨董―ことに文房四宝を愛し、抹香くさい話は一切しなかった。どうやら彼は経典よりも中国文明に詳しいようで、楸邨先生に「これは是非買って置けよ」の言下、借金までして買ったわが歙州硯《きゅうじゅうけん》を見せると、直ちに旧所有者の刻印から日清戦争のとき清国の巡撫であった呉大澂が所有したもの、彼は書家として、かつ蒐集家としても知られた人物であると教えてくれたりした。いつも私は予告もなしに訪れ、床の間に呉昌碩や趙之謙の書軸を掛けて蒐集品を並べた書斎で、骨董の世界に遊び、硯を撫で、俳句を語り、奥さんの湯豆腐料理で時を忘れて遅くまで飲み、しばしば泊めて貰った。そんなことが年に二三度あった。共に骨董を語れるかけがえのない友だった。彼の突然の早い死からもう十五年も経つ。

（14・10・8）

芭蕉の推敲

去年の冬に入るころから、思いたって旧稿の『「奥の細道」の推敲』に手を入れ始めた。「梟」の一九九七年七月号から連載を始め、二〇〇〇年十二月号まで四十六回書き続けたものだが、二三か所ほど抜かしたところもあり、長きにわたったため最初の頃と終りでは不統一でもあり、この際、推敲して完成させようと思っているのである。そして、おおよそ見終ったが、いくつか難しいところが残っている。単純なことが難しい。例えば連載の第一回に選んだところで、芭蕉自身もたいへん苦心して推敲した個所で、尾花沢の鈴木清風の人物評である。

初稿

かれはさすがなるものにて　心ざしいやしからず

かれは富めるものなれども　心ざし　さすがにいやしからず　推敲
かれは、富めるものなれども、心ざし、いやしからず　　決定稿

この推敲の過程はとても興味のあるところ（「さすがに」の意味が取りにくい）。そのことは措いて、決定稿のことである。清風の「心ざし」についで苦心している。また、「いやし」（賎・卑・鄙＝低い、貧しい、吝嗇である、意地汚い…）といった意味とは正反対の人だと言うのだが、「いやし」の反対語が見つからない。清風は地方特産の紅花を商って産をなし、大名貸しも行ったほどの富裕者。仙台藩主と遊女高尾を争ったなどと噂された男だが、京に在って俳諧を学び、この時も芭蕉と歌仙を巻いた教養人。そんなところから人柄が見えてくるのではないか。「富者でありながら…いやしくない」で、芭蕉は経済的・政治的な権勢者に対する妥協のない毅然とした態度を示している。これをどんなふうに口語訳したらいいだろうか。　（15・1・16）

魚の目ハ泪

行春や鳥啼き魚の目ハ泪　芭蕉

『おくのほそ道』へ出発に際しての別れの句で、「前途三千里のおもひ胸にふたがりて、幻のちまたに離別の涙をそゝぐ」につづいて出る。この句ははじめ予定されていた〈鮎の子のしら魚送る別れかな〉を改作し、元禄六年の執筆時に作られたと思われる。鮎の子と白魚が水中で別れるときの涙は、魚の目の涙に見事に活かされた。

この句、芭蕉の全作品の中でも出色の一句だが、魚の涙が流れることはあり得ない。その魚の涙を詠って、極めてシュールな表現なのである。十七世紀末として、おそらく世界に類例のない発想であり、表現であろう。

素直に正確に読んでみよう。まず「目に涙」ではなくて、「目ハ泪」であることに注意したい。詩人であり俳人でもあった木下夕爾は「涙」は流れる状態、「泪」は露のように張りつめた状態という確かな指摘をしている。

また「ハ」という片仮名を使っていることも、これまで見過ごされてきたが、これは書き癖といった—かりそめのことではなく、充分な吟味の末におこなわれていると思われる。芭蕉はこのカタカナによって漢詩の世界を呼び込もうとしているのではなかろうか…直接にではなく、匂いとして。私もこれまで「行く春を惜しんで鳥たちは啼き、別れを恨んで魚たちの目にも、涙がこぼれんばかり」という解釈をしてきた。これは「別れを恨んで」に杜甫の『春望』にある語句を取り込んでみたものであった。しかし魚の涙はこぼれない。瞼をもたない魚の目はまん円い。「泪」は張りつめた涙の粒であり、まるい玉である。「魚の目ハ泪」は、「魚たちの目は、まあるい涙の玉」というのが、正確な解釈ではないだろうか。

（15・2・18）

深海の生物

二月に石垣島へ行き、いくつか貝殻を拾ったり買ったりしてきたので、貝の図鑑でも、と思って本屋で探していたら、『深海と深海生物』（ナツメ社）という本を見つけ、パラパラ見ていると、不思議な生き物たちの写真に魅了された。もう貝類どころではない。まずユメナマコ。６０００メートルまでの深海の海底に棲んで、金魚のように美しい赤紫色。砂に潜っているが、ときどき優雅に泳ぎ出すという。光の届かない暗黒の海底で何故これほど美しい必要があるのだろうか？　しかし、地上に揚げるとあまりの水圧変化のため、ぼろぼろになってしまうそうだ。

この地球にはまだまだ、未知の世界があるのだと嬉しくなる。これは深海探査機「しんかい６５００」が撮影した画像である。たくさんある写真の中で私が実際に見たり食べたりしたことがあるのは高足蟹（300メートルまで生息。）だけだった。われわれは地表の陸地の大気中に生きているだけで、地球面積の71％を占め、平均の水深が3700メートルにも及ぶ海や海底のことを殆ど知らない。

温度が一定で、たとえ核兵器が使われても平気な海中生活は人間にとって月面などより優れた生活環境になるかもしれない、などとつまらない空想をしたりする。少なくとも宇宙旅行よりも海底旅行の方が面白そうだ。

われわれは海を見て安らぐ。人が海を見たくなるのは、それが地上生物の原郷であるからなのだろうか。この本で私は海はなぜ青く、キラキラするのかといった初歩的なことから、光合成生物（植物や動物など）の生態系とは全くことなる海底の熱水噴出口に生きる化学合成生物の一群が存在する不思議を知ったりした。人間に残された未知の世界は宇宙と深海と自分自身の脳なのであろう。

（15・3・18）

不思議な人——芭蕉

芭蕉という人は本当に不思議な人だと思う。書簡集をみても発句集を読んでも、生涯の傑作となる『おくの細道』に関することに一言一句も触れていないからである。その成立の事情はもとより書いた時期を窺わせることは何ひとつ残されていない。普通の人には考えられないことだ。

現在は状況証拠から書かれたのは元禄六年夏あたり、からのこととされているのだが、詳しいことは全くわからない。奥州の旅から四年後に初稿を書き、これに貼り紙をほどこして一本をつくり、さらに推敲しつつ改定稿をつくり上げている。この心血をそそいだ仕事は、秘密裡に行われたらしい。唯一、旅に同行した曾良が近くに住んでおり忘れかけたことや、旅の日程などを訊ねた可能性は大きいが、曾良は秘密を守れる男であった。狭い草庵に出入りする門人や客も多かったが、芭蕉は草稿を誰にも気づかれなかったらしい。人目に触れず書けた時は元禄六年七月中旬からの一カ月間「閉関」した時以外にないと思われ、おそらくこの時集中的に書かれたはず。しかし信頼する曲水へも「夏中は筆もとらず、書にもむかはず、昼も打ち捨て寝てくらしたる計りにて御座候」（十一月八日）などと書いているのだから、分からなくなる。ともかく翌年、清書を素龍に依頼し、彼の跋にある「元禄七年初夏　素龍書」だけが成立についての確実な資料となった。庵を出る前に自筆の初稿は野坡に、決定稿は曾良に与え、自分は兄への土産として素龍の写本を持ち、最後となった旅に出た。『おくの細道』は兄のために書かれた本なのであった。もしも道中、何かの災難に遇えば失われたはずである。そこにだけ記された数々の名句もまた後世に残らなかった。曾良本だけは残ると信じていたのだろうか。「妄執」の結果への無執着なのか？　なんという不思議な人であったことだろう、芭蕉という人は。

（15・4・9）

民主主義と気品

次男のCDの山の中から、ふとリパッティの演奏を引き出して聴いてみた。バッハのパルティータ一番やモーツアルトの8番など昔LPレコードで繰り返し聴いた懐かしいものである。ところが音質が記憶と違って、鮮明に改善されているのに驚いた。あの無惨な大戦の直後にどうしてこれほど静謐な音楽が生まれたのであろうか。名プロデューサーの野口雄が作りだしたCDである。それに付されたジャケットの解説で彼は丸山眞男を引きながら、この惜しまれて夭折したルーマニアの演奏家にあったものは気品だと言い、その後も数々の名人たちが出てきたのだが、「気品」や「高貴」という言葉はエネスコやティボーやフルニエを最後として音楽の世界で死語になってしまったとさえ言っている。以下、その丸山眞男の言葉である。

貴族社会が崩壊して民主主義の世になった。それ自体は人類にとって慶賀すべき事柄なんだが、その民主主義獲得の代償として失ったものは「気品」です。残念ながら民主主義と気品は両立しない。

その通りなのかもしれない。音楽の世界だけでなく、総じて現代の文化は…俳句も、と、自らをも省みて思う。石田波郷や木下夕爾の死後、俳句からも「気品」は失われてしまったのではなかろうか。いまや、俳句を語り論じて、気品の語は聞かれなくなった。こんにちでは「巧さ」だとか「珍しさ」だとか、「数の多さ」だとかが追い求められている。悲しいことに「気品」は自ずから備わってくるものであり、求めて得られる性質のものではないのだろう。そして、こんにち、世界もこの国も品位に縁遠い時代になってしまった。

（15・4・17）

わからないこと

○仕事が終ったので二階から狭い庭を眺めていると、灯籠と牡丹の間に一本の木が出ていることに気づいた。一メートル近くもある。幾本かの枝先には朴と同じで五枚ずつ葉が出ている。栃の木らしい。どうして今まで気がつかなかったのだろう。明らかに今年芽が出たというものではない。庭にはときどき植えた覚えのない草や木が出て来る。ことし見つけた蝮草もそうで、これは小鳥が糞などで運んだものだろうが、大きい栃の実は無理だ。三年ほど前、拾ってきた実を投げたのだろうかと探すと、それは艶々凸凹して脇机の隅にあった。しばらく考えたが分からない。このまま大きく太くなったら自分たち夫婦がいなくなった後に困る。切るか、これもしばらく考えた。

○漱石は子規に選句をして貰っていたが、明治三十年十月の句稿の中に不思議な句がある。「月さして風呂場へ出たり平家蟹」、風呂場へ平家蟹？　沢蟹ならあり得るが、わからない。

漱石は前年結婚していたが同時に「秋の暮一人旅とて嫌はる、」「月に行く漱石妻を忘れたり」があり、一人行った温泉宿らしい。九年後に書かれた『草枕』に主人公が深夜の湯に浸かっていると真裸のヒロインが現れる場面を思った。美女が平家蟹になった？　これはとても愉快な想像であった。

小説家の芽生え？　当時漱石がよく行っていて『草枕』の舞台になった小《お》天《あま》は海に近いようだが、海辺ではない。

○ギリシャが破滅しそうだ。たった二千億円相当（総額四〇兆円の借金のうち）の返済ができない。ところが日本は一千兆円を越える膨大な負債をかかえ、日々に増大している。それなのに軍事費が膨らむ法案をムリヤリに通そうとしている。この国はいったいどうなってゆくのか。

（15・6・30）

寂しさの意味

さびしさやすまにかちたる濱の秋（曾良本＝自筆本の表記による）

『おくのほそ道』で、いまひとつ釈然としない句があった。旅の終りの越前の国。色の浜での、この句である。京都中心に作られてきた美意識の中で須磨は最も優れた景勝の地とされ、源氏物語や平家物語の世界を負うが、この浜のさびしさは須摩に勝るという。しかし何故、突然「須磨」が出てこなければならないのか疑問なのであったが、ふと「さびしさ」の語に関わっていると思った。この句、密かに誰かへの挨拶を込めているのではなかろうか。「寂しさ」は「本来あった生気や活気が失われて、荒涼としていると感じる意」（岩波古語辞典）で、相手がいなくなった索莫とした孤独感が主意である。英語の"I miss you"と殆ど同義なのである。これは、「あなたがいなくて寂しい」の意味であり、配偶者や愛人や友人が(死んだか、別れたりして)もう、傍らに居ない場合に「寂しさ」は使われる。芭蕉の句もこの本意から決して外れていないはずだ。

『ほそ道』の旅の一年前、芭蕉は須磨で「須磨寺やふかぬ笛聴く木下やみ」を作った。この旅には終始、杜国が同行していた。ここで須磨の名が出てきたのは決して唐突ではなかったのだ。

「元気でいますか。私はいま、越前の色の浜にいます。この浜の景色は君と一緒に見た須磨よりも美しいよ。君と一緒なら、と寂しい気持ちで一杯だ。しかも、秋でもあるしね。」

こうした気持ちを込めているのに違いない。そうであってこそ、わざとおぼめかして仮名書きにした気持ちも理会できるのではないだろうか。そして、誰にも悟られなかった。

(15・8・10)

『夜半亭蕪村句集』が出た

今朝の新聞に蕪村の新出句が二一二句も「発見」されたことが報道された。蕪村の弟子百池の子孫、寺村家に伝来したもので昭和九年ころ行方不明になっていた筆録句集が出てきたのである。新聞はその中の一頁を写真で載せ、新出の句が三句紹介されていた。読みかたを付けてみる。

①蜻吟や眼鏡をかけて飛歩行（とんぼうや眼鏡をかけて飛び歩く）
②我焼し野に驚や屮の花（わが焼きし野におどろくや草の花）
③傘も化て目のある月夜哉（からかさもばけて目のある月夜かな）

この頁だけでも、『蕪村全集』にない句が「から堀の中に道ある落葉哉」「かくれ家の菊の主や白蔵〇」があった。みな蕪村としては失敗作だが、面白い。

また「虫の音や闇を裁行手負猪」（虫の音や闇をたち行くておひじし）は全

集収録の『落日庵句集』で座五が「手負猿」となっている。猿よりも猪の方がいい。また「稲妻や海ありがほの国隣」（稲妻や海有り顔のくにどなり）の座五が「隣国」となっていて、原本が失われた『落日庵句集』の書写の間違いを正すことになろう。

興味深いことがもう一つある。それは句の頭に「﹅」や「○」、何も無いものがあることである。新聞には、見開きで前の頁の写真が出ているが、そこにある秀句「欠け欠けて月もなくなる夜寒哉」などには、なんの記号もないことであった。字体は蕪村「流」であり、これらの記号を考えると蕪村の自句集録集であって、蕪村自身が句集で省くべき句にチェックした記号とも考えられる。たった二ページだけの公開でも、こんな面白い資料を提供してくれるのだから、今から全体像が待たれる。なお①の「蜻吟」は蜻蛉の誤記で「かげろう」とルビされたが、トンボとカゲロウは古代に混用はされたが、他の例からして蕪村では「とんぼう」と読むべきであろう。（15・10・15）

土偶の笑顔

ふと縄文時代に触れたくなって新潟の十日町市に出かけた。ここの篠山遺跡から国宝に指定された一群の土器類が出土し、市立博物館がある。豪雪地帯で越後縮み（苧麻を原料）で知られるところ。高速道で飯山市まで約一時間、そこから千曲川沿いに二時間ほど下る。脇に入ると遠山郷や松之山温泉もあり幾度もかよった道だ。昼前に到着、「火炎型土器」群に対面する。「芸術は爆発だ」という岡本太郎が縄文文化の精髄だと騒いで有名になった。壺の縁に五徳を裏返したような四本の突起をつけたダイナミックな造形で、私には火炎ではなく、海の怒涛を紋様化したものに思われた。

遺跡は土砂崩れで一挙に埋まったらしい。中越地震で被害を受けたが、優れた技術で痕跡をとどめず修復され、ほぼ完器だ。館内の縄文時代を想像した囲爐裏の人物なども真に迫っている。苧麻などの古代からの繊維も詳しい展示で、私は一万年を越える時間の中の生活を想像した。

帰り際に『縄文美術館』（平凡社）を買う。中でもやはり土偶が面白く、表情のある土偶を集めた一ページには釘付けになった。例がないという岩偶（秋田県）が圧巻で、ズングリと坐って微かに笑っているかのよう。また長野県桜井戸遺跡の目を細く三角型に刳り抜いた笑顔の欠片も目をひき、調べると隣町の東御市の出土とわかり、教育委員室に尋ねると好運にも、いま近くで展示中というので、早速家族を連れて見に行ったりした。

どうも私の住む近辺は土偶の産地？　だったらしい。学生時代、東京国立博物館で入っていきなり「丸子町腰越出土」という土偶に出会って驚いたものだ。その後もそれは長く展示番号1で、教科書にも載っていた。そんな誇るにも足りないことが、私の郷土愛の一部なのかもしれない。（15・11・16）

根の無い草

浅間山がよく見え、貯水池があり、牛舎があり、牧草畑がある裏山の道を散歩していると、脇道にサッカーボールくらいの大きさの茶色い円いものが落ちていた。私は石ころかな、と思って通りすぎたが、後からきた妻は蹴ったら煙が出たと言う。触ってみると柔らかく、茶色の煙がわっと出た。埃茸の一種らしい。その先にもバレーボールくらいのものも落ちている。硬い道に生えるわけはないから、畑から捨てられたものか、畦から転がり落ちたものだろうか。煙は胞子で人獣に踏まれて子孫を撒き散らすために道に落ちる仕掛けなのかもしれない、などと考えて愉快になった。

帰って調べてみるとオニフスベだった。歳時記にもあるから名前は知っていたが、実物は見たり触ったりしたことは無かった。鬼贅と難しい字を書く。

フスべとは瘤のことだと辞典にある。まことに大地の瘤というべき奇妙な茸だ。灰色の若いころは食べられる。これに出会えたことで一日中、機嫌がよかった。やはり、犬も歩けば棒に当たるか。十一月の末にまだ出会えたのは暖冬化の結果にちがいない。

過疎化、シャッター街化する町に珍しく古本屋ができた。○△屋なんていう変な名前だ。コーヒーも飲める。青年がやっていて月火は休み。暫く名前で敬遠していたが、入ってみると善本珍本が並んでいる。それに安い。カウンターで青年と話していて、ふと見ると入口の隅におかしな草が、干すように四五種置いてある。鉢植ではない。根の無い草だと言う。世の中、例外の無いものはないのだが、これは知らなかった。中南米産、ブロメニア科ティランジア属で600種以上あるという。その本も見せてくれた。霧や露で生きる。他の樹に着生するから全く根がないわけではなく、よく見ると短い乾びた根のあるものもあった。

（15・12・7）

「兵共が夢」―つわものどもが夢

『おくのほそ道……』を校正をしていて、平泉の項で名高い夏草の句が、ふと気になってきた。芭蕉が素龍に依頼して書き写させた『奥の細道』では「夏草や兵どもが夢の跡」であるが、

夏 艸 や 兵 共 が 夢 の 跡

二種の直筆本では、こう書かれている。芭蕉は「艸」の字にこだわったのだ、と思われた。この象形文字に近い字には「雑草」の意味が含まれている。辞書を引き出した。「兵、つわもの」は武器の意味から、兵士・武士・そのなかでも猛者などの意味であり、接尾語で複数を示す「ども」は、対象を軽蔑して付ける語なのである。アッと思った。この単純なことに、何故いまま

で気づかなかったのか。芭蕉は「武士どもが夢」と言っている。今まで数知れぬ人々が読み、解釈し、鑑賞してきたのに、誰一人として正確に読んだ人はいなかったのだ。私はこの「発見」に昂奮した。「兵共が」と言って、助詞の「が」によって彼等を軽侮する意味は一層強まっている。従来の解釈は前文に影響されて日本的無常感の中で読まれてきたが、この句は『おくのほそ道』に先だって作られ『猿蓑』に収めた独立した句である。

芭蕉という人は、武力によって権力を得ようとする者、武力によって権勢の座を得た人々を侮蔑していた。「夢」は野望の訳が近いだろう。彼は身分や階級を否定して生きていた人であった。芭蕉は現象の中に本質を見つめた人であり、そのことによって時代を超えた。人類は今でも武器・武力によって権勢を求め、あるいは問題を解決しようとすることを止めるどころか、果てしなく激化するばかりなのだ。それはむなしい、と芭蕉は言っている。

（16・1・21）

鎌倉

立春前、寒波が訪れ、信州は朝は零下10度を上下する寒さが続いた。妻の慰労を兼ねて暖かいところ、海が見えるところ、新幹線をつかって一番手近なところと思案して、熱海南端の崖っぷちに建つホテルへ行くことにした。途中、ＭＯＡ美術館で光琳の紅白梅図や好きな「湯女図」などを久しぶりに眺めた。ここには岩佐又兵衛の絵も数点ある。浮世絵の開祖の一人とされる彼は、波乱の生涯を送った戦国武将、荒木村重の子で、興味ぶかい親子だ。

宿からの眺めはよかった。大島が浮かんでいた。ここでは梅も桜も咲いている。先日九州沖縄でも降った雪も—伊豆の山には降ったが、ここでは降らなかったという。海も凪いでいた。

翌日、鎌倉をぶらぶら歩いていると和田塚に出会った。ちょっと掘れば骨が出そうなところ。北条氏は将軍家をはじめ、ライバルの三浦、梶原などを次々と攻め滅ぼしたが、和田はその最たる一族である。まさにこの地は「つわもの共が」修羅の跡なのだ。海岸からは稲村が崎から実朝が大船を作って宋への渡航を夢みた浜まで一望できた。なんとも壮大ではあるが、儚い夢だったか。これも「つわものの夢」か、類い稀な文人の資質をもちながら、将軍に仕立てられた男、それが幸か不幸か、わからない。しかし彼が暗殺で夭折したことは、和歌の歴史の上で大きな損失になったのは明らかである。

箱根路をわが越えくれば伊豆の海や沖の小島に波のよるみゆ

山はさけ海はあせなむ世なりとも君に二心我あらめやも

世の中は常にもがもな渚こぐ蜑の小舟の綱手かなしも

鎌倉は津波のつくった地形で、彼の世も津波に襲われていたことが「山は裂け、海は褪せる」に如実に出ている。都の貴族ではこんな素朴な発想は出来ない。

（16・2・4）

草木も感じ考えている

植ゑられし木を感じをり隣の木

こんな句をつくったことがある。植物だって感じ、考えているのではないのか。漠然とそんなふうに思っていたのだ。われわれ動物である人間は草や木の葉や実や根を食べ、燃料にし建材にしたりして生きてきたものだから、相手が自分と同じように感覚を持ち、考えたりしていることは、知らないし、考えたりもしないでいる。

地球生物の進化の歴史の中で、植物と動物は枝分かれしてきたが、植物のほうが少し先輩で、かれらが活動した結果、大気中の酸素がふえて陸地に上陸することも出来たし、なが－い時間の果てにわれわれ人類も登場してきた。

漠然とそんなことは思っていたのだが、『植物は「知性」をもっている』（ステファノ・マンクーゾ著　ＮＨＫ出版）という本に出会って、目から鱗の思いであった。

この生物学者によると植物は動物のもつ感覚のすべて（視覚は光の感覚）を持つばかりか、さらに動物にはない十五種もの感覚…重力や磁場などを感知する力を持ち、脳の機能は葉や幹や根のすべてに行き渡っていて、一部の感知した情報はほとんど瞬時に全体に伝達される。だから脳を損なうと動物は死ぬが、植物は一部分が残れば再生できる。動物は植物に依存しているが、植物も動物を利用している…受粉でもそうだが、食虫植物だってある。また、植物も眠る…などなど。

植物の方が動物よりも優れており、賢いのかもしれない。酒作りなどに音楽がいいというのは本当だった。麴菌はモーツアルトのどんな曲がすきなのだろう？　艶歌も好きかな？　でも、リクエストはできない。（16・3・18）

縄文人の遺伝子

われわれ日本列島に住む人間は統計上ほとんどが仏教徒ということになっているが、今日では葬儀用の便宜であるに過ぎず、実態は縄文や弥生時代とさほど変わらない祖霊崇拝が主流である。春秋の彼岸には墓参りをするし、盆には先祖を仏壇に迎える。葬儀に関わらなかった仏教の祖ブッダの教えとは関係のない、むしろ反する習慣の中に生きている。どうせ先祖を祭るのなら、先へ先へ先へと遥か、遡って、原人を祭ったらどうか…私は「原人の仰がれずあり春彼岸」などと誰にも理解されない句をつくったりした。

ところで、縄文人が日本人種の一つの祖先であることは間違いないが、縄文人の骨—歯の中—から採取されたＤＮＡの分析では、縄文人種は中国や朝鮮やポリネシアと全く関係はなく、目下のところ謎という。どこからやってきたのか分からない。しかし現代人の遺伝子の二割ほどが縄文系、あと残りは隣接する大陸系や東南アジア系という結果が出たという。つまり弥生時代以降、海を渡ってきた多くの人種との混血を徐々に重ねてきた。これは考古学や歴史学の研究とも合う。

分子生物学とはなんと面白い科学だろう。最近は四万年前に絶滅したネアンデルタール人との関係―これとも混血している―も研究されるし、DNAの分析はこれまで血液中のミトコンドリアによっていたが、細胞核の中のDNAが解析されるまでになって、その数はなんと三十億にも達するのだという。小さな細胞の中の小さな細胞核に三十億、自然の世界の奥深さ。一切はDNAに記録されているから、もう何年かたつと現生人類の複雑な系統図がわかるかもしれない。七万年前、アフリカ大陸から溢れでたホモ・サピエンスは、近縁種の原人たちを滅ぼし尽くし…それでも足らず、さらに近縁の人間同士で殺し合うことになった。

（16・6・4）

野兎

父の命日、三月二十二日はよく晴れた日だった。数日前、私の句集が他の三句集と共に蛇笏賞の候補になり夕方選考会が行われるので五時以降自宅待機せよという知らせが来ていた。いつものように妻と温泉プールへ行って運動を済ませ、晩酌の用意をして居間で待った。私は自信があったが、それでも六時を過ぎると不安になり、不快な時間がのろのろと進んで、ようやく六時二十分を過ぎたころに電話があった。始めからすんなりと決まったのだが、すこし話をしていたのだという。

翌朝、休みの孫を連れて三人で山の中腹にある父母の墓に行った。父は分家なので父と母だけが入っている墓である。町が見え小学校が見え我が家も見える。この小さな寂れゆく町に私は確かな誇りを持っている。遅く私が生まれたとき、父が記念に植えてくれた杉がかなりの大木になっている。樹下に黒い艶々した大豆くらいのフンがかたまっていた。少年時代に兎を飼っていたので間違いない。野兎のものであった。彼らが夜中に、ひっそりと訪れていてくれたのだと思った。

墓に向って「孫が今年から中学生になります。こんど大きな賞を頂くことになりました。有難うございました」と報告した。私は墓の前で声を出すようなことはしたことがないので、我ながら驚いた。決して干渉せず、したいことを気儘にさせてくれ、身勝手な行動にも黙って耐えてくれた父母への感謝とお詫びの気持ちであった。私は無宗教者であるが、父と母を深く敬愛している。実はこれが私の宗教なのかもしれない。やがて骨となって、この小さな墓穴に父母の骨に混じる、という想像が嬉しくさせる。

野兎の糞あたらしや父母の墓

（16・7・13）

発想の転換

暑苦しい日々が続くので星空でも眺めようと思う。宇宙の年齢は十九世紀のはじめころは十八億年だったが、いまではおよそ百四十億年という数字が出ている。―そういえば地球の年齢なども私が新制中学で学んだのはたったの一億年だった。そんなにも年齢が伸びたのはハッブルの業績で彼の「ハッブルの法則」が認められてからであり、地球の方は放射性元素による年代測定法によった。

いまは、そのハッブルの名を冠した無人の宇宙望遠鏡が590キロの高さを周回して、肉眼にはむろん、地上の望遠鏡では見えぬ驚異的に鮮明な画像を刻々と地球に送りつづけている。なんという時代にわれわれは生きているのだろう。コペルニクスが地動説（実はイスラム世界の学説）を書いた時から五百年も経っていない。ともかく彼以前は地球が宇宙の中心であり、月は第一の惑星、太陽は第四の惑星だった。
この宇宙望遠鏡は一九九〇年に打ち上げられている。アメリカのスペースシャトル最高の成果だろう。その写真は私のような素人が眺めても神秘的で美しい限りだが、その中に宇宙最深部の写真もある。百三十七億年前のビッグ・バンのわずか数億年後の宇宙の姿という。つまり宇宙が始まった直後の初期銀河で、これは北斗七星の柄杓の下の何も見えない真っ黒な部分を長時間露出撮影して得られたものという。それは星雲らしき星などを撮ってくれといった注文が殺到する中で、何もないところを撮るという発想の転換であった。無名だったファーガソンの依頼を承諾した天文台所長R・ウイリアムの決断によったという話に深い感銘を受けた。学問のドラマなのである。映像で見るファーガソン氏は素朴で無欲な田舎のおじさんのようで、好感が持てた。

（16・8・8）

鬼ヤンマ

朝、妙高高原のホテルのロビーで、風景を眺めたり、雑誌などを見たりしていると、カサカサ、カサカサという音が聞こえた。なんだろう。そのうち止むだろうと思っていたが、なかなか止まない。そこで音のする方へ行ってみると、大きなトンボがガラス戸の下の方で踠いていた。難なく捕らえて下翅二枚を持って抓みあげると、十センチほどもあるオニヤンマだった。さすがオニヤンマ。観念したように泰然自若、微動だにしない。黒い胴に鮮やかな黄色く太い縞が美しい。目は翡翠を思わせる深い黄翠。羽も完璧だった。少年時代、一度は採ってみたいと願いながら、叶わなかった夢があっけなく実現したのだった。日本列島ではいちばん大きい見事なトンボである。

私はしばらく嘆賞しつつ眺めた。彼は王者の風格で、じっと観念したように動かない。脚も尾も動かさない。トンボが大好きだった俳文学者の雲英《きら》さんなら、きっと躊躇なく蒐集箱に収めるだろうな。どうしよう。でも蝶の標本は持っているが、私にはトンボをあつめる趣味はない。

昔、羽黒山への登り口でオニヤンマの群れに出会ったことなどが思い出された。案内してくれた友人は、ここを芭蕉は登ったんです、と確信ありげに言った。深い草に埋もれて廃れた道であった。かの石段ではなく、何故こんな沢道を芭蕉は登ったのか、わからなかった。あのとき聞いておけばよかった、などと今更後悔したりした。たぶん神社への近道だったのだろう…あの友も死んでしまった。そのときの句は「鬼やんまずんずん奥へ翁道」だったな…そんなことを思い出しながら、放してやることにした。通用戸をあけて指を放すと一旦下へ落ちてから、悠揚と飛び去っていった。野尻湖が遠く輝いて見えた。

（16・9・4）

漱石

ＮＨＫで「夏目漱石の妻」が放映され、楽しみに観た。文章で読むのと映像を見るのとは大分違って、やはり英国留学後の神経症の凄まじい痛ましい場面など迫力があった。脚本家も監督も充分考証して作っているのだろう。でも、この「天才」を役者が表現するのはむろん限界がある。

漱石との縁は小学生の終りに姉の文庫本で『こころ』を読んだのに始まる。そして『坊ちゃん』。やがて『三四郎』…日露戦争後の主人公が上京する車中の会話で「先生」の、この国は「滅びるね」の一語に驚嘆したものだ。そんな私に結婚前の妻が新書形の漱石全集を買ってくれた。しかし次々に配本されてくる全集というものは読めないもので、その一部しか読んでいない。むしろ近親や弟子たちの語る漱石という人間の方が面白かった。ことに古本屋で買った妻鏡子の『漱石の思ひ出』。今の私によくわかるような気がするのは彼の俳句の生成過程くらいのものだ。

漱石の文才が開花したのは大学予備門時代に子規という親友を得て、俳句という表現手段を知ったことが大きい。そして子規の死後は虚子という助っ人が居たこと。彼が神経症を癒すにいいと小説を書かせたことに始まる。

話は飛ぶが、教科書でお馴染みの魯迅の「藤野先生」は漱石の「クレイグ先生」に触発されて書かれている。広東でのクーデター敗北後、亡命して再び日本にきた魯迅は漱石が直前まで住んでいたというだけで西片町の家に住んだ。家賃が高かったので弟の周作人など五人の友と入居した。それほど漱石が好きだった。こともしもノーベル文学賞（この賞を私はあんまり信用しないけれど）が世を騒がせたが、明治大正時代にこれがあったとしたら、そして良い翻訳があったとしたら、日本人として最初の栄誉は夏目漱石だったことに間違いはなかろう。

（16・10・17）

ボブ・ディラン

ノーベル文学賞がアメリカの「吟遊詩人」ボブ・ディランに与えられたことは異例で世界を驚かせた。文学は本に書かれた小説や詩だと思っていた私もむろん例外ではない。それでCDを聴いた。二千曲を越える曲の中から十八曲選ばれたもの。ときに粗野に、ときに淡々と澄んだ声。

古本屋に行くと『自伝』があった。いきなりレコード会社と契約する場面から始まり、友人宅を泊まり歩く放浪生活の中での読書遍歴、膨大な量の名前に困惑するうち、ファンや見世物客に付け狙われて平穏な生活が出来なくなった一時期などへと前後の脈絡がなく、こんな勝手な自伝は読んだことがない。私は二十一歳の代表作「風に吹かれて」の背景を知りたくて読んでいるのだが、まだ一度も出てこない。まことに気まぐれな自由人なのだ。この歌や「時代は変る」などによって、ヴェトナム反戦や黒人解放運動の旗手に…デモの先頭に立ってくれなどと祭り上げられ困惑する。その方は後輩のビートルズたちにまかせ、フォーク・ソングでカムフラージュする。集団やマスコミが嫌いなのだ。芭蕉の言う「昨日の我に厭きる」で、どんどん変わり、面喰らう過去のファンを置き去りにしてゆく。二度結婚し二度離婚、映画作り、ユダヤ教からキリスト教へ改宗するなど話題に事欠かず、そのたびに新しい境地を拓いてきたようだ。分断された混沌たる過酷な時代を生きてきた面白い人間だが、いつも下層大衆の立場に立っている。終りの曲は「いつまでも若く」だった。「いつでも真実を見極め、自分を取り巻く光が見えますように…風向きが変っても、足場は少しも揺らぎませんように」。十年前の六十五歳の作。『全詩集』も出ている。

焦土いまもいづこさだめぬ絮毛とぶ

（16・11・7）

魂の筐

今年も正倉院展に行けなかった。ここでは話題となっている名品はむろんだが、ひっそりと蔵の隅に眠っていたような薬や針などの日常品が見られることもあって楽しみなのだが、残念なことだ。「日曜美術館」で正倉院展の紹介を見ていると、終りに近く聖武上皇の一周忌に、霊といったか、魂といったか、それを納めた箱を大仏の前に供えたというコメントがあって驚いた。この小箱が出品されたというのではない。霊魂の筐という言葉に驚いたのであった。『続日本紀』にはないから、きっと東大寺に伝承されている話なのであろう。

聖武天皇は極めて繊細な傷つきやすい性格の持ち主であったようだ。二十三、四で即位したが、自分がその地位にふさわしい者かどうかと不安に悩む人であった。易学的災異思想（私の卒論のテーマだった）にとらわれていたので相次いだ地震・水害・旱魃・飢饉・天然痘・内乱をすべて統治者の自分の不徳に起因するものとして深く思い悩んだ。そして鎮護国家の経典に解決を求め、仏教興隆に解決を求めた。仏教を守護する君主となることによって人々を災厄から救おうとしたのだが、もともとそんなまじないが通じるわけはなく、かえって財政を破綻させ、人々に困窮をもたらした。

　彼の心の裡を思うともの悲しい。権力者のまわりには権謀術策が渦巻いて常に孤独だったただろう。この悩める魂が後世——世界に残し得たものは、正倉院の品々だったのではなかろうか。霊魂のハコとは何だったのだろう。「筐」と書いて、火葬された彼の喉仏を納めたのかもしれない。魂が自由に出入りできる編み籠か…そんなつまらないことを考えたりした。

たましひを納めし筐や草の絮　（16・11・28）

「雛の家」

草の戸も住替る代ぞ雛の家　芭蕉

『おくのほそ道』を校正する仕事に一段落つけてのち、いろいろ思い返したりして、最初の句の解釈が気になりはじめた。家を売り杉風の家に移るとき、庵に「懸け置」いたという発句である。

この句の初案は出発が近い三月二十三日岐阜の落梧に宛てた手紙に「草の戸もすみかはる世や雛の家」として書かれ、家を売った相手は妻があり娘もある男とも書かれている。手紙は三月に書かれたが、初案の発想は二月中の（雛の節句の前）に家を離れるときに出来たのであろう。

私は「雛の家」という表現にこだわっていた。従来の解釈は雛が飾られた…飾られる家になるというものである。私もはじめ「雛飾る」と「雛の家」とでは格段の差があり、凡手の成し得ないものなどと書いたが、「雛の家」は「雛人形の家になる」なのではなかろうかと考え始めたのである。

江戸時代に書かれた最初の注釈書『菅菰抄』（高橋梨一・一七七八年刊）は「雛を商ふもの」が買って「売物を入れ置く所」としたという説を採用していた。つまり雛人形の保管場所にしたというのである。これが正しく、芭蕉はこの事実そのままを句にしているのではないだろうか。俳諧師の侘しい家が、雛人形（と、娘のいる若い夫婦）の住む家になることに感慨を覚えたのであった。

「草ぶきの小さなこの家も、流転するこの世さながら、私に代わって雛人形たちが入ることになった。やがて雛が飾られ、明るく賑やかな家になることだろう。」

（16・11・30）

年末の読み聴き

○監督が近くの小海町の出身といったこともあり、暮にアニメ映画「君が名は」を見る。田舎と都会、災害の大過去と現在、男女の入れ替り、わからない個所もあって、そんなことがヒットの原因か…俳句もわからないこともときには重要なのだ、などと自分流の解釈をつける。
○このところ、シューベルトの音楽を聴くことが多い。ピアノソナタを何人かの演奏で。そしてピアノ三重奏の二曲を聴いた。ことに二番目の曲。これは彼の最晩年の傑作。若い頃、ソ連からオイストラッフらの粗悪なSPを取り寄せたりしたものだが、シュタイアーらによる新盤が出た。
どうしてこれほどの美しく悲しい名曲が一般に聴かれないのだろうか。
○クルタークの弦楽四重奏曲集と「カフカ断章」を聴いた。作品1は一九五九年作でハンガリー動乱の犠牲者たちへの鎮魂の曲か。沈黙と測り合う音のつらなり、慟哭の深さ。
○澤田瞳子の小説『若冲』は精緻にして華麗奔放、ときに飄逸な作品を残した画家はどんな生涯を送った人だったのだろうかという疑問を架空の贋作者などをまじえて面白く、書いていた。大雅・応挙・蕪村なども巧みに絡ませ、蕪村のところでは京生まれで京都人の気質に通じている作者が娘「くの」の離婚などを語る一節もなかなか説得力あり。関連して写真集『若冲の花』も見た。芭蕉の墓所、義仲寺の天井画が若冲のものとは知らなかった。今度行ったら、よく見よう。
○Y・N・ハラリの『サピエンス全史』を読み始める。ホモ・サピエンス＝人類の歴史。ことばの発達が作り出したフィクションである神や宗教・貨幣・国家…などなどによって文明をつくり出してきた、という独自の視点から描いて話題となっている著作で「漸く」という感じ。（17・1・8）

蒲郡行

愛知県蒲郡の水族館が深海生物に触れて人気と聞き出かけた。隣の三河三谷は結婚した長姉が松林に囲まれた海辺に住んでいて父母と何度か行った町でもあり小学生時代たくさんの思い出がある。ＳＬの煙で真っ黒になり中央線・東海道線と乗り換えて行った夏休み。遠浅の海で父と馬穴一杯アサリを取ったが、休漁区だと叱られたこと、タツノオトシゴを捕まえたこと、ボラのヘソを食べて世の中にはこんな旨いものがあるのかと思ったこと、空爆で焼野が原になった名古屋を見たこと…。

小さな水族館だったが、子ども向けの解説がなかなか愉快。足が弱くなった妻は初めて車椅子を利用した。これだとゆっくり見られる。クラゲも、アマゾン川の大魚も小判鮫なんかもいた。穴の多い巌からびっしりと獰猛な顔を出してウツボがいた。各地からいろいろな品種が集められている。喧嘩しないのか、と質問すると、大人しくてどんなに飢えても同類の仲間を襲うようなことはないという。人間に比べて、かなり立派な生き物だ。オウムガイも見た。貝殻は持っているが、やはり実物の印象は違う。このイカ・タコ類の大元祖は水槽に止まって餌を貰うとき以外は全く動かないという。世界最大の蟹である高足蟹の甲羅に触った。彼は時間を超越し、すこしも動ずることはない。駿河湾だけかと思っていたが、沖の遠州灘でも取れるのだ。

宿からの海の景色も美しかった。竹島という神の島には橋がかかり、その向うに渥美半島が横たわっている。田原藩の家老だった渡辺崋山が自決したところ。また芭蕉が幽閉されていた愛弟子杜国をはるばる訪ねたところ。夕日に暮れてゆく静かな湾を眺めながら、さまざまな感慨にひたった。

一つ巌にウツボ幾種か皆仲良し

（17・2・8）

山口素堂の住まい

毎月東京句会の会場になっている江東区の芭蕉記念館に行く。もう二・三年になるだろうか。ここに会場がほぼ定まることで私はずいぶん恩恵にあずかっている。隅田川を新大橋で渡って下流へ数分歩いたところにあって、芭蕉の三度にわたる庵があったところに近い。おかげで毎月芭蕉へ詣でるような嬉しい気分になれるのである。先日、田中善信さんから新著『元禄名家句集略注　山口素堂篇』を頂いた。すでに伊藤信徳篇、池西言水篇が出ており三冊目になる労作である。その「あとがきにかえて」に素堂の住まいがどこにあったかを綿密に考証されている。

氏は従来は「かつしかの隠士」素堂で済まされてきた素堂の住まいが新大橋を渡ったあたりにあったこと、小名木川運河が隅田川に合流する地点の芭蕉庵まで徒歩十分もかからない至近距離にあったとする、とても重要な「発見」なのだ。なお一六八〇年当時すでに、深川は下総国から江戸へ編入されていたという。芭蕉が市中から深川に移ったのは延宝八（一六八〇）年の冬、第一次芭蕉庵に入っている。そこを江戸大火で失い、甲斐の国へ流浪し、八三年冬には第二次芭蕉庵に入った。素堂が上野不忍池の畔から移り住んだのは一六八五年ころで親友同士いつでも会えるようになった。素堂もまだ独身でいた。彼は甲斐の山中に生まれ甲府に出て酒造業で成功した後、弟に家を譲り江戸で学問し各地を旅した人だから、和漢の書籍を蔵していた。たぶん芭蕉はずいぶんこの恩恵を受けた。最後の旅の目標が長崎であったことも頷ける。素堂も長崎に旅していて日ごろ話を聞いて憧れていたのであろう。

素堂は「目には青葉」の句で有名だが、芭蕉死後の句から

あはれさやしぐるる比の山家集　　素堂

（17・4・15）

「兵共が」考

拙著に寄せられた感想や批評の中で「夏艸や兵共が夢の跡」に賛否が多かった。衝撃だったのだろう。「ども」が蔑称であることに気付いたとき、私も正直、動揺を覚え、はじめ「兵」の語から兵卒たちと考えてもみた。しかし「つわもの」の語に例外はなく、「兵共」は将・卒のすべてを含めて芭蕉は使ったにちがいない。「細道」に登場する人物に限っても義経と彼に仕え戦死した佐藤兄弟や藤原忠衡さえ例外ではあり得ない。芭蕉が哀悼した彼らは、親の遺志に忠実に従った孝心や「義」を守る真心を持った人間としてなのであって、武士としてではない。歴史の変わり目の乱世には権勢への武士の欲望は剝き出しとなり、「義」をめぐって人間の美醜も現れるものだ。

「兵共が夢」の言葉の激しさには、貧しい一家の期待を背負って仕官を夢

泉鏡花「夜叉ヶ池」の雨乞い

秋山稔

龍潭に初霞松の翠なり

明治三十年正月の鏡花の句である。龍神の棲む池の物語は、前年十一月の「龍潭譚」から十七年後の「夜叉ヶ池」(大正二年三月)まで水脈を保つ。「夜叉ヶ池」は、水を司る龍神白雪姫が白山千蛇ヶ池の主への恋に我を忘れ、麓の越前大野郡鹿見村が激しい日照りに苦しむところから始まる。絶体絶命の時、村一番の美女を裸にして黒牛の背に荒縄で縛めて山上の池で牛を屠り、頭と尾を龍神に供えるのだから凄まじい。村一同冷酒を飲んで肉を啖うと、雨が降り注ぐという。実際の夜叉姫神社の雨乞いでは、「くし・こうがい・紅・おしろいの類」を奉げるのだから、相当な落差がある。かつて、作中の雨乞いに俗界の醜悪さがあると指摘したのだった(日生劇場「夜叉ヶ池」パンフレット、平成四年七月)。

昨年、牛を殺して肉を食らう雨乞いが実際に行なわれてきたと知って、愕然とした。「続日本紀」や「類聚国史」には、越前で「殺牛用祭漢神」が行われていた記述がある。「大正年間まで池・沼・滝などへ牛首を投げ込む雨乞いの習俗があった」という地域もあり、供物は神と共に皆で食べたという(佐伯有清「日本古代の政治と社会」参照)。

なお、明治四十四年、鏡花の盟友柳田国男が人身御供をめぐって加藤玄智と「仏教史学」で論争し、「牛を殺して漢神を祭るの風」が「正史」にあると言及している(「掛神信仰に就いて」)。生贄に取材したのは、こうした背景があるかもしれない。

〈金沢学院大学学長・泉鏡花記念館館長〉

歴史的身体としての和歌

―松本章男著『花あはれ』によせて

佐々木 健一

若かりし日、西洋文化の魅力は自明のものと見えた。しかし、いざ立ち入ってみると、どこかによそよそしさを感じないでもなかった。むしろ、親しい思考法、感じ方にのっとった非西洋の美学を構築すべきではないか。そう思い立っての五十歳の手習い。注目したのは和歌である。短いので多くを読める。そのとき参照した一冊が松本章男『花鳥風月百人一首』だった。自著には、「女性は梅の香を、男性は橘の香を、衣服にたきしめた」という一句を借用した。古歌を京都の今につなぐ松本さんの著述には、独特の魅力があった。松本うた学の精髄を凝縮した新著『花あはれ』の刊行は、その魅力を語るのによい機会だ。

松本さんも西洋思想・文学から日本文化への回帰を遂げた一人だった。だが、その探究はわたしのように生半可なものではない。松本さんの著述は、和歌の世界、花と草木の植物界、そして京都という文化都市空間におけるご自身の生活の三位一体によって成り立ち、それが他に類を見ない個性となっている。そして、これらをつなぎ、相互浸透させている原理が「交感」である（交感とは、感性のうえであれとこれとを関係づけることだ）。活字化された和歌は百万首くらいあり、そのほとんどを読んだと松本さんは言われる。こんな人はまれだろう。しかも味読された。だから珍しい歌人のうたが多くとりあげられる。わたしなどから見ると凡作と思われるうたもある。しかし、花にまつわる生活を読み取って、松本さんはそこに生命を吹き込む。うたわれた植物のたたずまいは、繊細に、かつ生活とのかかわりで捉えられている。花の師範なればこその交感だ。また、そもそも「うたう」とは、詠むことであるとともに誦することである。京都を訪ね、祇園を横切ったとき、祇園小唄を口ずさむ、というのがうたの基本形態だ。身についたうたしかうたえない。書中には古歌を愛誦された経験が何度も出てくる。諳んじていてこそできることだ。目の前の花、草木との交感が古歌の世界に通い、ご自身の詠作（『じんべゑざめの歌』）にまでつながっている。交感は更にうたの世界の内部にも浸透し、この百人一首に調和的一体性を与えている。その証拠となるのが、頻出する「証歌」の概念である。詠作に際して歌人が意識していたうたのかずかずがよみがえり、濃密なネットワークが現出する。

この《うた—はな—都市生活》の三位一体と、それをつらぬく交感の総体は、西田幾多郎の「歴史的身体」の概念でまとめることができる。西田が考えたのは、おそらく、身体がデカルトの言うような単なる物質ではなく、そこに生活経験の歴史が集積している、ということだと思う。多くのうたを暗誦し、なつかしい風習をからだで覚えている松本さんは、歴史的身体の典型だ。それだけではない、この概念を京都という都市に適用したのは西谷啓治である（『風のこころ』）。王朝期に火葬場だった鳥野辺には、「風光に歴史が匂い、そこはかとなく哀れが漂う」（松本『京都花の道をあるく』）。これが歴史的身体としての古都である。この二相の歴史的身体に表現を与えているのが和歌だ。ここに挙げられた百首は、単なる三十一文字の集合ではない。先人たちの生活、かれらの喜怒哀楽、その伴侶となった花や草木の植生、さらにはときの移ろいをうたって、われわれの歴史的身体を覚醒させる。『花あはれ』は百の親しい声と松本さんとの交唱である。

〈美学者・東京大学名誉教授〉

発売中

表示の本体価格に税が加算されます。

戦前の文士と戦後の文士 大久保房男
四六判 上製・函入 二四〇頁 本体二三〇〇円

文士と編集者 大久保房男
四六判 上製・函入 三五二頁 本体二五〇〇円

終戦後文壇見聞記 大久保房男
再版 四六判 上製・函入 二九二頁 本体二五〇〇円

文藝編集者はかく考える 大久保房男
第四版 四六判 上製・函入 三七二頁 本体二五〇〇円

海のまつりごと 大久保房男
書下ろし長篇小説・藝術選奨文部大臣新人賞受賞
再版 四六判 上製・函入 三六〇頁 本体二七一八円

古典いろは随想 尾崎左永子
再版 四六判 上製カバー装 二六四頁 本体二三〇〇円

梁塵秘抄漂游 尾崎左永子
三刷 四六判 上製カバー装 二〇八頁 本体二二三三円

源氏物語随想―歌ごころ千年の旅 尾崎左永子
四六判 上製カバー装 二八〇頁 本体二三〇〇円

友 臼井吉見と古田晁と 柏原成光
四六判 上製カバー装 二四八頁 本体二〇〇〇円

随筆集 **鯛の鯛** 室生朝子
四六判変型 上製カバー装 二八八頁 本体一九〇五円

犀星 句中游泳 星野晃一
四六判 上製カバー装 三四四頁 本体二三〇〇円

室生犀星句集 改訂版出来 星野晃一編
文・川上弘美、四六判変型上製 二四〇頁 本体一八〇〇円

俳句の明日へⅡ ――芭蕉・蕪村・子規をつなぐ 矢島渚男
再版 四六判 上製カバー装 三〇八頁 本体二四〇〇円

俳句の明日へⅢ―古典と現代のあいだ― 矢島渚男
四六判 上製カバー装 三一二頁 本体二四〇〇円

身辺の記／身辺の記Ⅱ 矢島渚男
「梟」主宰 四六判変 上製カバー装 本体各二〇〇〇円

風雲月露―俳句の基本を大切に 柏原眠雨
四六判 上製カバー装 三九二頁 本体二五〇〇円

公害裁判 イタイイタイ病訴訟を回想して 島林樹
再版 A五判 上製カバー装 七一八頁 本体二八五八円

裁判を闘って 弁護士を志す若き友へ 島林樹
四刷 A五判 上製カバー装 三三六頁 本体一八〇〇円

想い出すままに
与謝野鉄幹・晶子研究にかけた人生 逸見久美
四六判 上製カバー装 三三六頁 本体二三〇〇円

私の万華鏡―文人たちとの一期一会 井村君江
四六判 上製カバー装 二八六頁 本体二五〇〇円

●和歌秀詠アンソロジー・二冊同時発刊

恋うた 百歌繚乱 松本章男
四六判 上製カバー装 三五四頁 本体二三〇〇円

心うた 百歌清韻 松本章男
四六判 上製カバー装 三六〇頁 本体二三〇〇円

新刊・近刊

与謝野鉄幹(寛)・晶子作品集―小説・随筆・研究―
逸見久美・田口佳子・坂谷貞子・神谷早苗編
与謝野文学の新たな道
A五判上製カバー装 二四八頁 本体二二〇〇円

花あはれ
―和歌千年を詠みつがれて 松本章男
花と草木を詠んだ秀歌百首鑑賞
四六判ソフトカバー装 二六〇頁 本体二〇〇〇円

身辺の記 Ⅲ 矢島渚男
四六判変 上製カバー装 一九二頁 本体二〇九一円

明日(あした)の船 原雅子句集
第三句集 四六判並製カバー装 二〇〇頁 本体二五〇〇円

「杏つ子」ものがたり
犀星とその娘・朝子 星野晃一
四六判上製カバー装 三五二頁 本体三〇〇〇円

虚子点描 矢島渚男
四六判上製カバー装 二五六頁 本体二二〇〇円

泉鏡花俳句集 秋山稔 編
初句集。五四四句収載。鑑賞・高橋順子 解説・秋山稔
四六判変型 上製本 二四〇頁 本体一八〇〇円

沙羅の咲く庭
こころの妙薬 飯塚大幸
再版 四六判変型カバー装 二四〇頁 本体一五〇〇円

紅通信第八十三号 発行日/2024年6月18日 発行人/菊池洋子
発行所/紅(べに)書房 〒170-0013 東京都豊島区東池袋5―52―4―303
振替/00120-3-35985 電話/03-3983-3848 FAX/03-3983-5004
https://beni-shobo.com info@beni-shobo.com

紅書房出版目録

●二〇二四年六月十八日

紅書房
〒一七〇-〇〇一三
東京都豊島区東池袋五-五二-四-三〇三
TEL 〇三(三九八三)三八四八
FAX 〇三(三九八三)五〇〇四
https://beni-shobo.com info@beni-shobo.com

新刊・近刊案内

花あはれ 和歌千年を詠みつがれて
松本章男

失われゆく日本本来の花と草木。和歌の世界に精通した作家が百人の秀歌から描く、今一度共に味わいたい自然への愛惜。

四六判ソフトカバー 二六〇頁 本体二〇〇〇円 978-4-89381-368-8

与謝野鉄幹(寛)・晶子作品集―小説・随筆・研究―
逸見久美・田口佳子・坂谷貞子・神谷早苗 編

与謝野文学の新たな道。夫妻の珍しい小説・随筆・研究作品をまとめた。実績ある逸見久美氏と研究者による労作。

A五判上製カバー装 二四八頁 本体二三〇〇円 978-4-89381-366-4

「杏つ子」ものがたり 犀星とその娘・朝子
星野晃一

室生犀星の長編小説『杏つ子』のさまざまな秘密が明らかに。

四六判上製カバー装 三五二頁 三〇〇〇円 978-4-89381-357-2

虚子点描
矢島渚男

近代俳句界の巨人・虚子の数々の名句を鑑賞し考察する。

四六判上製本 二五六頁 二三〇〇円 978-4-89381-349-7

泉鏡花俳句集
秋山稔 編

美と幻想の作家鏡花の初句集。鑑賞文・高橋順子(詩人)

四六判変型上製本 二四〇頁 一八〇〇円 978-4-89381-337-4

●紅書房の歳時記●

吟行歳時記
上村占魚 編

改訂第五版 装釘=中川一政 ポケットサイズ
上製・函入 六〇八頁 三三九八円 978-4-89381-032-8

祭り俳句歳時記〈新編・月別〉
山田春生 編

日本全国の祭・神事・郷土芸能一二三三項目。
新書判大 三六〇頁 一八〇〇円 978-4-89381-266-7

きたごち俳句歳時記
柏原眠雨 編

掲載季語二四八八項目を網羅。解説詳細。例句も豊富。
新書判 六〇〇頁 三五〇〇円 978-4-89381-297-1

俳句帖
題字=中川一政

日本の伝統色五色による高級布製表紙。ポケットサイズ
季寄抄入り 紅書房版 五冊一組 三〇〇〇円

身辺の記 III
矢島渚男

好評の『身辺の記I・II』後の最新エッセイ。俳句をはじめ諸芸術、生物や地球、宇宙などへの自在な思考が味わえる佳書。

四六判変 上製カバー装 一九二頁 本体二〇九一円 978-4-89381-369-5

明日(あした)の船 原雅子句集

明日乗る船を見てをり春の雨

第三句集 四六判ソフトカバー 二〇〇頁 本体二五〇〇円 978-4-89381-370-1

大久保房男の本

戦前の文士と戦後の文士
「純文学の鬼」といわれた元編集長が語る戦後文壇史。
四六判 上製・函入 二四〇頁 二三〇〇円 978-4-89381-273-5

文士と編集者
文士との火花を散らすような交流を綴る。
四六判 上製・函入 三五二頁 二五〇〇円 978-4-89381-239-1

終戦後文壇見聞記
終戦後の十数年間に著者が自ら見、聞いた文壇や文士たちの真実。
再版 四六判 上製・函入 二九二頁 二五〇〇円 978-4-89381-214-8

文士とは
金も名誉も命さえもかえりみず、野垂れ死に覚悟で文学に励む文士たちのすさまじい姿を、文士的編集者が語る好著。
二刷 四六判 上製・函入 二二四頁 二三〇〇円 978-4-89381-131-8

理想の文壇を
文学の衰退は文壇の俗化にあるとする名編集長が語る、具体的で興味深い文壇批判。
二刷 四六判 上製・函入 三〇〇頁 二四二七円 978-4-89381-069-4

文藝編集者はかく考える
ホンモノだけを追求した名編集長が綴る文章と文士と文壇。
改訂四版 四六判 上製・函入 三七二頁 二五〇〇円 978-4-89381-007-6

海のまつりごと
名編集長が海に生きる人々の社会の中に原日本人の姿を追求した書下ろし小説。藝術選奨文部大臣新人賞受賞作〈平成三年度〉
再版 四六判 上製・函入 三六〇頁 二七一八円 978-4-89381-058-8

尾崎左永子の本

源氏物語随想—歌ごころ千年の旅
五十四帖各帖ごとの筋と読みどころ及び文中和歌の鑑賞を添え、この一冊で源氏物語が丸ごとわかる本。
装画・齋藤カオル 四六判 上製カバー装 二八二頁 二三〇〇円 978-4-89381-2780

古典いろは随想
知ればとってもトクな古典文学ものしり帖。
再版 四六判 上製カバー装 二六四頁 二三〇〇円 978-4-89381-224-7

梁塵秘抄漂游
王朝末期の華麗と無常。平安人の純な喜怒哀楽の姿が歌謡を通して生き生きと綴られる。
三刷 四六判 上製カバー装 二八〇頁 二二三三円 978-4-89381-075-5

歌集 彩紅帖
歌集『さるびあ街』に続く第二歌集
A五判変型 上製・函入 二五二四円 978-4-89381-046-5

梶井重雄の本

万葉の華
A五判 上製カバー装 二六四頁 二八五八円 978-4-89381-237-7

歌集 天耳(てんに)
第六歌集 A五判 上製カバー装 二〇〇頁 二三八一円 978-4-89381-222-3

返照
A五判 上製カバー装 一九二頁 二八五八円 978-4-89381-228-5

複眼の世界—読書と読書会
A五判 上製カバー装 二五六頁 二八五八円 978-4-89381-247-6

歌集 光冠の彩《いろ》
百歳記念 第七歌集 A五判 上製カバー装 一九六頁 二八五八円 978-4-89381-274-2

●品切の本
万葉植物抄

上村占魚の本

句集 自問
第十句集 四六判 上製・函入 二八〇頁 三三九八円 978-4-89381-029-8

句集 放眼
第十一句集 四六判 上製・函入 二六四頁 三三九八円 978-4-89381-078-6

句集 玄妙
遺句集 第十二句集 四六判 上製・函入 二一六頁 二九一二円 978-4-89381-100-4

評論随想集 占魚の世界
四六判 上製カバー装 三〇四頁 二八五八円 978-4-89381-235-3

瓢簞から駒 上村占魚随筆集
四六判変型 上製カバー装 一六八頁 二三八一円 978-4-89381-260-5

●品切の本
高野素十俳句私解
鑑賞 徹底寫生 創意工夫
遊びをせんとや
占魚季語逍遥

見た自分の過去をも唾棄したようにさえ感じられる。むろん平和な江戸時代では武士身分は自らの力で得たものではなく、多くは世襲の結果であり、罪はない。弟子に武士も多かったが、芭蕉は身分の分け隔てなく接した。

芭蕉書簡集を読み返していて、「やつばら共　いよいよ不通ニ成候と相見え候　のこり多く候」(元禄六年一月二十七日羽紅宛)、こんな言葉にびっくりした。凡兆の妻に宛てて優しい言葉を書いた末尾にふっと洩らしている。田中善信氏は「やつらは、とうとう私と師弟の縁を切ったようです。残念です」と訳されている。「奴ばらども」は離反した某地方の仲間に投げつけた言葉で、温顔の芭蕉とあまりにも違っている。感情の振幅が大きい人の、これも一面なのであろう。また同年八月九日、伊賀の実家から去来に宛てた手紙に「国司帰城　どこやら事やかましく」の語があり、常識的に藩主には「御帰城」とあるべきであろうと氏は云われている。こんなところにも支配者への敬意は少しも見られない。見事に一貫しているではないか。(17・9・4)

水の星と露虫

ヒトという地球生物ほど厄介なものは、まだ知られていない。紛争が絶えない。人類が平和で生を全うするにはヒトが達成してきた叡智―宇宙的な認識を共有することが必要だと私は思っている。

われわれが生物でいるのは、ここが「水の星」だったからである。この水はどこから来たのか、原初に膨大な水が宇宙空間からもたらされたからだ、というある日本人学者の説を知って驚いている。水はもともとあったのさ、くらいに漠然と考えて―いや、考えることさえしなかったのだが、宇宙空間に氷の塊として浮遊していた小惑星が大量に落下した結果なのだという。たぶんこの説は正しいのではなかろうか。土星の輪は氷の群れだし、浮遊する氷の小惑星も多い。大量の氷が地球にとどまり、海となり、蒸発し、雨が降り、海へ流れ、地球の温度は多少の変動はあっても適度に保たれ、この小さな惑星は生物の宝庫になった。

ある寺の売店に草花が置いてあり、桃源ホトトギスという名に惹かれて小さな草の鉢を買ってきた。茶の間の卓に置いて見入っていると、ちょっと変った葉っぱがあることに気付いた。露虫であった。胴体は三センチほどで、それより長い触角があり、それがモヤモヤして見えたのだ。視線に気づいたか、彼は触角を一つにして葉脈に合わせ、じいっとしている。そうしていると注意して見ないとわからない。数時間もそのままだった。生き物のあわれが身に沁みた。この虫も人間も、この水の星に生きている。生き方は虫の方が立派かもしれぬ…。昔この虫を飼ったことがあって、臆病でなかなか鳴かない声を聴いたこともあった。チ、チ、チリだったか…。

触角をあはせ露虫擬態せる　（17・10・20）

パパ・ハイドン

このところ、ハイドンを聴くことが多い。言うまでもなく彼は近代音楽の「父」である。きっかけはグールドとリヒテルの演奏を聴いたことだった。

この二人の二十世紀後半のピアノの巨匠が晩年ハイドンのソナタを弾いているのである。この二人は全曲を録音したかったようだが、途中で亡くなってしまったのが惜しまれる。けれど示し合わせたように重なることなく、異なる曲を録音しているのも面白いし、とても気に入った。

そこで数年前、中古店で購入して忘れていたピアノ三重奏曲の全曲盤を取り出し、もっぱら車を運転しながら聴きだしたのだった。初めのうちはどういうことなく聞き流していたのだが、だんだんに引き込まれた。飽きない。なにしろＣＤが九枚で四十曲ほどもあり、しかも順不同に入っているらしく、音痴の私はどの曲のどこを聴いているのかも、さっぱりわからないのだが、どこを聴いても気持ちがよい。いつも安らかな明るい気分にしてくれる。運転中のBGMとして最適なのである。どの曲ということなく美しい。ピアノはプレスラーでヴァイオリンとチェロは知らない名前だ。ピアノが前へ出て美しい。このピアニストは数年前にベートーヴェンとシューベルトの末期の作品を収めた盤を出していて、淡々とした晩年の味わいが深かった。もう九十代に入っている人だ。しばらく楽しませて貰おう。そして弦楽四重奏曲も味わってみようか。

ハイドンという作曲家は実に勤勉で交響曲は百四曲、弦楽四重奏曲は八十三曲、ピアノソナタは六十二曲も残し、他の分野も多数…私はまだ、その四分の一も聴いていない。驚嘆すべき人である。彼なしにモーツアルトもベートーヴェンも生れ得なかった。ハイドンは淡々と古典派の基礎を築いた。まさに「パパ」ハイドンだったことを老齢にして実感している。(17・11・22)

ある小咄

正月二日も更けて眠れず、三日になったころ、テレビを入れると落語をやっていた。志ん朝の白黒の古い録画で「あたま山」という枕に使うように短い小咄だが、落語にもこんな世界があり得るといった実に意外なものであった。

悋嗇で偏屈で人混みが嫌いな男がいた。花見もしないで、ようやく実桜のころになって出かけた。すると実が落ちて頭に芽が生え、どんどん大きくなって、そのうちに花が咲き、花見客が訪れるようになる。屋台もくる。酒を飲んでは騒ぐ。男は我慢できなくなり、桜の木を引っこ抜く。頭に穴ができ、やがて雨水が溜まって池ができた。蛙や魚も住んで釣人が訪れるようになった。絶望した男はその池に身を投げて死んだ。

ことばの連想遊びのように奇想天外な展開である。楽しく聴いているうちに、だんだん、恐ろしくなる。不思議な咄でありながら、落語の特性を生かしきっている。注目すべきは物の大小がまったく無視され、合理的な思考とも全く無縁であること。

頭に生えた木を引き抜き、あとに池ができたり、人が集まって花見や釣りをしたりする。しかも主人公は自分の頭に出来た池に飛びこんで自殺する……とは、なんというブラック・ユーモア。

いつ、誰が作った小咄なのだろう。カフカが書いた……朝、目が覚めると虫に変身していたといった中編などよりも、飛躍度が著しい。眠くなりながら聴いていたのだが、こちらの頭も少々おかしくなったようで、いやな夢にうなされて目覚めがよくなかった。

（18・1・10）

茶立虫の話

茶立虫という小さな虫をご存じだろうか。かつて白雄の句を読んでいたころ、〈夜ながさや所もかえず茶立虫〉という句に出会い、どんな虫だろうか、どんな音を立てるのだろうと関心をもったが、機会がなかった。ところがある秋の昼、この極小の昆虫がわが家に突然大発生した。居間の障子に無慮数百匹がカサカサならず、ガサガサと音を立てている。厨の棚の小豆から大発生したらしい。障子紙の糊が好物なのだ。茶筌の立てる音などという静かなものではなかった。

ところで、昨年のイグ・ノーベル賞の生物学部門の受賞者は北海道大学の吉沢先生で、この茶立虫を三十年にもわたって研究している人であった。すでに八十数種の新種を発見しているという。この賞は「猫は液体か」とか、満杯のコップの水をどうやったら、こぼさずに運べるか（答は後ろ手）といった気楽なユーモラスな話が受賞する種のものらしいが、氏の研究は極めて真面目かつ貴重で、生物の「性」について考えが変わるようなビックリするものなのであった。

われわれはオスがメスに性器を挿入して生殖すると思っているのに、ブラジルの洞窟で発見された僅か3ミリという「とりかえ茶立虫」はメスがオスに性器を入れるのであった。しかもその行為はオスを離さないように羽交い締めにし、なんと七十時間も続いたという。そんな長時間、観察し続けた研究心にも敬服のほかはない。メスの性器には逆毛があって決して離さないのだというから、なんとオソロシイことか。しかし、これには立派な理由があって、出会うこと稀なオスから、精子とともに栄養も貰うのだという。そこには種を存続させるという切実な事情があるのだった。「文明人」などよりも、彼らは生物としてはるかに本質的に正道にある。

（18・3・27）

不染鐵という画家

「日曜美術館」という番組をよく見る。三月のある朝、全く知らない画家の作品に強烈な印象を受けた。不染鐵という。読み方もわからない。こんなに傑出した絵を描きながら、ほとんど無名であることにも手強い感想をもった。画壇とか、美術評論家とか、画商とかはいったい何をしていたのだといういう思いであった。ただ有名というだけで、もてはやす「世間」に憤りさえ覚えた。もっと彼を知りたいと思っていると、ある新聞の書評欄に『不染鐵之画集』（求龍堂）を「幻の天才画家に胸がざわつく」と題して横尾忠則が書いていた。題名からもわかる随分と弾んだ文章で「驚天動地」とさえ言っている。早速出たばかりの画集で渇を癒した。「ふせん・てつ」一八九一（明治24）年東京の寺に生まれ、一九七六（昭和51）年八十四歳で死んだ。若い頃、村山槐多や上村松篁と親交があった。京都、神奈川、大磯、伊豆大島、奈良など各地に住み、放浪に近い生活をした。戦前は帝展・院展などの展覧会で上位入賞を重ねたが、戦後は奈良県で教職につき、画壇を引退したがのように、ひっそりと暮らした。

派閥に属さず、師も弟子も持たない生き方なので推挽する人もなく「有名になれず　こんな絵をかくようになっちゃった」と言ったそうだが、絵を売らなかった。「いい人になりたい」と言い、書きたい絵だけを描いた。それは極めて独自な絵だった。既に『山海図絵（伊豆の追憶）』（一九二五年）では富士俯瞰図の前面に海中の魚を描いている（戦後の傑作『海』でも）が、誰もやれなかったことだ。また戦後の『廃船』（一九六九年）は巨大な廃船が大日本帝国の末路のようだ。六十代の『奈良風景』では墨絵に高い技倆を示し、最晩年には『落葉浄土』の入寂境を描いた。多彩な画風が試みられ、自由な境地にあった。

（18・5・7）

映画「マルクス・エンゲルス」

ある方から切符を頂いたので久し振りに岩波ホールへ行き映画『マルクス・エンゲルス』を観た。若き日のマルクスとエンゲルスが知り合い『共産党宣言』を発表する前夜までの数年間を描いていた。R・ベック監督の作品で、断片的エピソードを繋ぎあわす映画手法によるまああの作品とは言えようが、スターリン時代のソ連で作られたとしておかしくはない程度のものだったようだ。

ソ連ではマルクスのセックス描写などは検閲を通らないにちがいないが。ユダヤ人で「青年ヘーゲル派」の思想家と二歳年下でイギリスの紡績工場経営者の息子との友情がコミュミズムという思想を誕生させた物語。二人のどちらが欠けてもコミュニズムは人類を動かす力にはならなかったのではあるまいか？　その偶然の出会いの面白さを描いていた。

彼らの死後、革命は予想に反して後進国のロシアから起こった。二人の社会や人間への予想は間違っていたのである。その後の人類史のうねりは個人崇拝や独裁政治を生んだ。独裁制がもたらしたさまざまな悲劇の連鎖はいまもつづいている。二人は自分たちの齎した結果をどう考えるであろうか。おそらくはNOであろう。久しぶりにそんなことを思ったりした。彼らの動機は人間愛に発したのであろうが、政治闘争や権力となったときには失われてしまう―踏みにじってしまうという哀しさ―政治的・思想的なというよりは、文学的な人間的な主題にまでは思い及ばなかった。そういう点で彼らが戦った観念論と同様な結果に陥ってしまったのではないか。人間という生物は弱い存在だから、強い指導者を神にまで持ち上げてしまう。（18・6・15）

松のことは松に習へ

芭蕉の門人に土芳《どほう》がいた。芭蕉の郷里、伊賀上野の生れで芭蕉より十三年下で、幼少時から芭蕉を知っていた。商家に生れ、武士の服部家へ養子に入ったが、生涯独身だった。「野ざらし」の旅にあった芭蕉と二十年ぶりに再会して二十九歳で入門、俳諧に熱中、家督を辞して庵に暮し、芭蕉から「蓑虫の音をききに来よ草の庵」の句を貰って蓑虫庵と名付けた。ときどきに聞いた芭蕉の言葉をつぶさに『三冊子』に残した。その中に

松の事は松に習へ　竹の事は竹に習へ

という一節がある。深くは考えずに来たのが恥ずかしい。「松」や「竹」に限らず、天地の万物を指しているのであろう。現代風に言えば「自然に学べ、

自然から教われ」ということ。ここで重要なのは「人」や本に教わるのではなく、そのものに学べ、ということである。つまり先生や書物つまり、既成の知識や常識に頼るのではなく、自分で直接その対象に向き合い、観察し、心に深く感じよということであり、「自然」以外のことにおいても、そうなのではないか。

「君はなんでも私に教わろうとするが、私が居なくても…いなくなっても句を作るときは、『そのもの』に学ばなくちゃいけないよ。人間の心も、自分の心を省みれば知ることが出来るんだよ」とも言えよう。「習へといふは、物に入りて、その微の顕れて情感ずるや、句と成る所なり」とも言う。「情感ずるや」が大切である

(18・6・16)

ある良寛展

永青文庫で生誕二百六十年記念の良寛展を見る。各地の個人蔵を百点ほど集めて、五合庵時代・乙子神社時代・島崎時代と年代を追って展示され、作風の変化も楽しめた。父の残した芭蕉画像に良寛が賛をした茶掛があった。出雲崎の山本家には後継ぎがなく親戚から養女を迎え、婿を迎え良寛が生れる。父は暁台門の俳人であったが、勤王思想家で、思想に殉じて京都で自殺、少年栄蔵の苦闘が始まった。しかしこの賛には家を棄てた父への思慕を感じる。

是《こ》の翁以前に　是の翁無く　是の翁以後に　是の翁無し…
人をして千古　此の翁を仰がしむ　　沙門良寛書

良寛の生涯や芸術の資質は父譲りなのだ。二人の短冊を合装した軸もあった。

木枯や松にきく日は松の風　以南　秋日和千羽雀の羽音かな　良寛

俳句は軽い。だが良寛の本領は漢詩と和歌。推敲に推敲を重ねた名高い詩

生涯懶立身　騰々任天眞　嚢中三升米　炉辺一束薪……

は書も絶品であった。良寛といえば書、なかでも手紙。最晩年、四十も年下の貞心尼へ宛てた書翰が美しかった。病のため会う約束を果たせなかったことを詫び、短歌を添えている。一八三一年の死の四か月前である。

「先日は眼病の療治がてらに与板へ参り候。その上足たゆく胸痛み、御草庵もとむらはずなり候　秋はぎの花のさかりもすぎにけり　ちぎりしこともまだとげなくに　良寛　八月十八日」

（18・7・4）

この夏

○猛暑の夏、感動したいくつか。八月十六日山口県、行方不明から六十八時間も経過し諦めかけていた二歳児をボランティアの尾畠さんという七十代の老人が早朝三十分後に発見した。それだけでも快挙で感動的だが、子供を家に届け、親の笑顔を見ただけで満足とお茶も辞退したという。仕事を止めて災害が起こるたびに駆けつけていた人。世の中には、こんな立派な人もいる。
○甲子園野球では地元代表の試合と秋田県立金足農業の試合だけは見た。私立のプロ選手養成高みたいな学校が多くなる中での健闘に快哉。準々決勝、さよなら二点スクイズの興奮は久しぶり。
○黒部峡谷でアカショウビンを聴いた。渓谷に臨む宇奈月温泉の宿で朝飯を待っているとキョロロ…と鳴く声を二度聞いた。なんという幸運か。原生林に多く、八月には帰ってしまう鳥だ。そして片道八十分かかるトロッコ電車に乗り念願を果たす。造山活動と流水が景色を作ることを実感。

○新解釈『おくのほそ道』の修正版を出すこととし、読み直していて「色の浜」の個所で「夕暮れ、さみしさ、感に堪たり」に立止まった。法華寺で茶や酒を飲んだ叙述に続く一行で（拙著２４７頁）「…景色に感じ入った」などと訳したが、「感に耐える」は「非常に深い感動をおもてにあらわさない」（日本国語大辞典）であろう。表情や口には出さず、心の動きを周囲の人たちに気づかれないように懸命にこらえたというのだ。浜のさびしい景色に、前年の春、杜国と一緒に遊んだ須磨の浦を思い出して「さみしさ」が込み上げたのだ。こんな一節の中に、人々が茶や酒を飲んで話に興じている中で、気づかれないように、じっと自分の思いに沈んでゆく姿が描かれていた、こう考えると一貫性が生れ、芭蕉の心が理解できる…この発見が何よりも嬉しかった。

（18・8・23）

父祖たち

客間兼書斎の十畳間の隅に仏壇が置いてある。他に置き場所がないからである。所在ないとき位牌が目に入る。父は分家だから、祖父以前のものはない。父方の祖父の名は栄作。大正十五（一九二六）年七十六歳で没した。生家は現在の上田市大屋で味噌醤油の醸造業を営んでいた。長男であったが生母が死んだ後に後妻に弟が生れたので分家して近くに呉服屋を出した。祖母はるとの間に七男二女をもうけ皆成人し、軍人になった一人を除いて近くに瀬戸物、金物、雑貨などの店を持たせた。ちょうど信越線が開通して大屋駅ができ狭い千曲川に削られた崖縁の通りに町が形成されてゆくころであった。

父・七之丞は末っ子で明治三〇（一八九七）年に生まれ小学校卒業後、群馬県桐生に丁稚に出され十年の年季を勤めて大屋に帰った後しばらく生家を手伝っていたが、大屋で千曲川と合流する依田川の上流、上丸子村に呉服店を開き、この地域が明治末から大正にかけて製糸業で繁栄した余慶を受けた。現在の家は大正末から工事にかかり昭和初年に出来た。田舎としては立派な材料を使った座敷をもつ家を建てた。

母でんは下丸子村の農家に明治三十三（一九〇〇）年に生まれた。父は実家の店へ買物にきた母を一目惚れして、跡をつけてきて家を確かめ仲人を介して縁談になった。温和な父であったが随分大胆なことをしたものだ。すぐに長女が生まれ五年後には次女、十年おいて私が生れた。戦時中、家業は困難を極め戦後経済の混乱の中働きつづけたが、家産の大部分を失い、私が大学一年の一九五六年三月二十二日夜、脳卒中で急死した。その日は春休みで帰省していて二年後に妻となる昭子と初めてのデートで上田市で演奏会を聴き遅く帰ってくると父は既に亡くなっていた。私は喪主を務めた。そして、家庭教師などのアルバイトや奨学金で大学を出ることになった。（18・8・30）

一茶寸論

十月二十一日高山村の「一茶館」で講演した。前日までは曇ときどき雨だったが快晴。長野駅から車で五十分ほど、一茶は晩年柏原村の周辺の湯田中・善光寺などを巡回しつつ暮らしたが、その一つ。

一茶は三十歳代に東北、関西を巡り北は青森、南は長崎へまで行っている。いずれも芭蕉が行きたくて行けなかった地、というのがいい。六年に及んだ関西滞在で諸派の句を吸収している。「一茶調」の基礎をなす口語表現も、鬼貫に始まり惟然・大江丸らに受け継がれた作品を学んでいると思われる。また以下の例にはモチーフや語句に類想に近い作品がある。

猫の子に嗅れてゐるや蝸牛　（才麿）↓じつとして馬に嗅がる丶蛙哉（一茶）
是がまあ芒に声をなすものか（大江丸）↓是がまあつひの栖か雪五尺（一茶）

彼は二万をこえる句を残したが、見込みのある句を執拗に推敲を重ねた結果の句数である。原句まで消さずに残し、駄句も残し、やたらと膨大な句数になっている。例えば、桜の句は合計六二七句もあり、月は三三八句、雪は三六三句。身辺の素材の蚊は一六五句、蠅さえ九三句もある。

ともかくもあなた任せかかたつむり→ともかくもあなたまかせのとしの暮
露の世は得心ながらさりながら　　露の世は露の世ながらさりながら
花見まじ未来のほどがおそろしき　花の陰寝まじ未来がおそろしき
散芒寒く成つたが目に見ゆる　　　ちる芒寒くなるのが目にみゆる

みな面白く優れているが、初案から完成まで十年かかっている句もあり、初案から最終句までに何度も直している句も幾つかある。一茶は飽くなき執念によって、傑出した作家になったことなどを話したが、例によって時間が足りなくなった。

（18・10・21）

元号は不要

私は止むを得ないとき以外、西暦を用い元号は使わない。敗戦で神であった天皇が人間宣言をしたときから、そう決めた。

ところが歴史教師になって、いちばん厄介だったのは西暦と元号が併用されていることだった。日本史の授業では元号が出て来て、二つ覚えなければならないから、とても面倒であるし、もっと大事なのは日本を世界の歴史の流れから切り離し、視野が狭くなることである。江戸時代まではまあまあとしても、ペリー来航以後の歴史は世界史の中に位置づけなければいけない。ペリー来航が嘉永六年なんて覚えたって植民地時代を象徴する阿片戦争（一八四二年）との関連がつかない。

人間は自分たちに都合のいいように自分の国の始まりを定めた。私が子供の頃には紀元二千六百年の建国式典が行われ国民を戦争へ煽った。推古女帝九年に聖徳太子が中国の占いの思想に基き神話の神武天皇即位を一二六〇年前とし日本国の紀元と定めたという。神話のお伽話である。イスラム教世界では今も西暦六二二年のヘジラを紀元にしている。人類の世界が一つに融和するためには、有害であろう。日本を世界地図の真ん中にするのと同様で日常的なことは意識に影響する。

紀元節は敗戦とともに終ったが、天皇の代ごとに変る元号と西暦の混用を象徴天皇になっても続けられていて余計な労力を使って、世界から遅れてしまう。自分を世界の中に位置づけられないからである。どうしても元号を使いたいなら、皇族だけの家族的年号としたらどうだろう。グローバルな世界で、元号の制定に苦労するなどは時代錯誤であるし、偏狭な日本第一主義者の温床にもなりかねない。句集などを見ると、俳人にはいまだに元号を好む人が多く、相当に意識が遅れていてまことに遺憾。

（18・11・7）

レノンの忌

十二月八日の句会にレノンの忌にワインの空瓶が公園に散らかっていたという句が出た。公園で夜明かし飲んでいた連中がいたのだろう。推敲の余地はあったが面白い風俗句だ。当日はわれわれの世代では真珠湾攻撃で戦争が始まった日だが、一世代あとの人たちにはビートルズの中心メンバーだったジョン・レノンの忌日の方が重要になっているらしい。四十という若さで殺されたこともあって、一部の人たちは現代のキリストみたいに偶像化しているのか。ヴェトナム反戦運動の中でファンが急増していた。私は「イエスタデー」とか村上春樹が題名にした「ノルウェーの森」…くらいしか思い出せないのだが、急速な世の変化のなかで、世代の交代も早い。

そこで「レノンとオノ・ヨーコはどこで結婚したか知ってるかい?」とい

ったどうでもいい話へ脱線した。「アフリカ大陸が見えるイギリス領のジブラルタル市。ここは午前中に申し込むと午後には結婚証明書が出る。二人とも離婚証明書をだして、すぐに認められたんだとさ」。

時空を跳んだ話をしたせいか、帰りの新幹線の中で駅弁をたべながら、アインシュタインの時間や空間が歪むという説も多少わかったような気がした。彼は光や電磁波は粒子であって、エネルギーの異なるかたちだというマックスウェルの説の上に自説を築いている。粒子であれば重力の影響を受けるのは当然で、光が曲がれば空間も時間も歪むことになる。空間や時間は絶対的ではない。

人の世や世代の変化も、大事件や人物の出現などに影響されるのかなぁ。変化というのは曲がるということだから…などと愚考しているうちに到着してしまった。

（18・12・11）

ＡＩと「新年詠」

「俳句」誌の新年号に句に添えてこんな要旨の短文を書いた。「ことさら新年に思うのではなく、日ごろコンピューターには作れない句を作りたいと願っている。ＡＩの発達は近未来、今日のわれわれ程度の句作を上回る可能性がある……。それに抗し得るのは何かと考えたりする」と。

これからの人間の世界は人工知能に支配されるかもしれない。むろん経済的メリットの少ない俳句などは遅れるだろうが、将棋や囲碁では名手たちがときどき負ける。そのうち全く勝てなくなるだろう。人間は衰え死んでゆくが、コンピューターは無限の容量で進歩し続けるから。

俳句はどうだろう。将棋や囲碁は知能による勝負だが、俳句は知識や知能や技術だけではなく、「感情」や「情動」がある。人間はそれぞれ違う遺伝子を持つ個体でさまざまな環境的条件の中で経験を重ね、異なる感受性やときどきに変る「こころ」がある。でも、安心はできまい。

俳句は五七五や季語という形式を（基本的に）持っていて、ベテランなら意図的に知能によって作りやすい。ことに簡単なのはあらかじめ新年の句を作ることではなかろうか。つまり、これは本当の「心」がない知能で作る俳句だから、コンピューターにも容易く出来るし、こちらの方は類句さえも排除できるから敵わない。私はそうしたものは作りたくないのだ。

俳句では出会いが大切である。偶然に出会ったものや人やことなどに感情が動き、一瞬で句が生まれる即興性がある。一瞬に生涯が凝縮すると言ってもいい。誰とも違う出会いの場面から生まれる作品がいい。歳時記などを前に経験や知識で…つまり「頭で」作られた句ではなく、作者だけの世界があるはずである。こんにち流行する新年詠では、たとえ上手そうな句は出来ても、机上で新年らしさを演出したような句はつまらない。

（19・1・19）

「もっと、光を」

光速を測りし人よ日向ぼこ

冬至の前後は、窓辺の椅子に座ると日が深く差し込んで温かい。これは科学史の本を読みながらボーッとしているとき浮んできた。私はただ日差しの恩恵を受けているだけの怠惰な俳人だが、人類として初めて太陽の光の速さを測ろうとした人間がいたという事実に感動したのだった。

光が粒子だと考えたニュートンに触発され、では、どのくらいの速さで飛んでくるのか、測れないかと考えた人がいたのだ。デンマークのレーマーで木星の衛星レオが木星に隠れる食の観測から算出した。かなりの誤差はあったが、一六七〇年代のことなので無理はない。ニュートンは認めたが世間の学者たちは永らく無視した。光の速さを測るという発想が凄すぎたのだろう。今日の計測では毎秒、約三億メートルで、太陽を八分二十秒前に出た光が私たちに届いていることになる。

地球の円周を測ったギリシャのエラトステネス以来、科学者は実によく測る。いまは宇宙の大きさまで測ろうとしている。ああ、私など自分の体重さえも測ろうとしない。なんという非科学的な人間なんだろう。ところで、近代科学の大きな問題は「光」だったようだ。粒か波かの論争を経て、光子（光量子）になり、「ある場所からある場所へ電磁気力をつたえる質量がない粒子」となった。「質量がない粒子」って？　全くわからない。太陽はエネルギーを放出して毎秒四十キログラム軽くなっているそうだが、それを光が運んでいる？　光は重さがない運び屋さん⁉　私に分かるのは、せいぜいゲーテ最期の言葉「もっと、光を」くらいである。あれは「もっとカーテンを開けてくれないか」といったのだろう。

（19・2・2）

ある民族の話

「梟」の原稿を印刷所に渡して久しぶりに寛いで新聞に目をとおしていると、南米の先住民族マチゲンガ族の話があって楽しくなった。関野吉晴さんという方の談話である。五十年ほど前のこと。

アマゾンにはもう未知な地域はないと諦めかけていた頃、文明化を嫌ってひっそり標高千メートルほどの山頂に暮らしている少数民族と出会った。外部に気づかれないように人目につく場所の木は切らず、川原でも足跡が残らないように石伝いに歩くのでついて行くのに苦労したが、狩りや魚取りにいったりした。彼らの地図は海の存在も知らず、森と川だけで出来ている。「どこの川から来たの」と聞く。「タマガワ」というと「知らないなあ」。「来るのにどのくらいかかるの」と聞かれる。早くて一週間、雨で増水すると二週間。彼らの言葉では「3」までしかないので、月の満ち欠けで、「新月から数えて満月の前ぐらいかな」と言うと「隣の川と同じぐらいじゃないか」。個人の名前もなく、つけてくれというので適当につけてやった。

一緒に旅もした。彼らは出不精、でもしつこく頼むとみんなでついて来た。荷物を持って歩くのは大嫌い。昼前には「足が痛い」「疲れた」と言いだす。午後二時か三時ごろ「ここで休もう」と言うと、その辺の植物を使って三十分ほどで小屋を作り、嬉々として狩猟に出かける。狩猟は苦痛ではなく、いまを楽しんでいる…「日本では電気、水道、ガスと管につながれて暮らしているので一本切れるとパニックになるけど、彼らは何にもつながれていない。自然の一部となって生きている。そうすると、自然への畏敬の念や感謝が生まれます。目に見えない何かがあり、それを怖れながら生きていく。そのほうが人は謙虚になり、自然をコントロールしようなどとは思いません」。生活がゆっくり豊かに流れている。なんだか羨ましくなった。　（19・6・26）

テレビ雑録

○長崎原爆犠牲者慰霊平和祈念式典で被爆者代表の山脇さんという八十五歳の方―私の一歳上―の話に衝撃を受けた。爆心地で兄と一緒に父の死体を探し出し、集団で焼いたが、燃料が不足していたためであろう、半焼けで骨を離し取ることができず、兄弟はせめて遺骨の一片でも、と頭蓋骨の欠片を剝がそうとすると、中から溶けた脳が流れ出した。死者より生き残った者に苦しみがつづく。

○俳優仲代達矢の自伝番組（アナザー・ストーリイ）も戦慄的であった。学童疎開から帰っていたとき、東京西部の大空襲にあった。焼けている町で家族にはぐれた少女にあい、手をつないで一緒に探していると突然焼夷弾に直撃され少女は手首だけになっていた。

○昭和天皇と田原等侍従長との戦後の会話を記録した「拝謁記」が出現した。彼の後半生は「反省」の連続だった。張作霖事件で関東軍を厳罰に処さなかったことを後悔した。以後、五・一五事件、満州国とつづく誤りの原点だった。天皇の「反省」は戦争責任追及→処罰が伴うため発言を止められた。
○南極の厚い氷の下の湖へ潜る映像を見た。三十五億年前の青い水の底にティアノ・バクテリアのこんもりした塊がたくさん繁茂していた。これが植物の葉緑体の原初であろうという。やがてそこに宿るミトコンドリアも発見されるだろう。
○冥王星と天王星は他の惑星の軌道とは逆に回っていて、太陽系の重力にとらえられた星であるという。ともに氷点下二百度を越える低温で、氷におわれている。
（19・8・16）

波郷先生と相撲

「俳句」誌から死後五十年になるのを記念する「石田波郷特集号」へ寄稿を求められ短文を書いた。何度も書いているのでもう書くことはありませんと辞退したが、どうしても、と乞われて書いた。先生を直接知る俳人はもうほとんど亡くなっている。なんともう半世紀も経ってしまったのだ。

私は江東区の砂町時代から練馬区の長命寺裏に引っ越されてからも、ときどきお邪魔した。この西武池袋沿線に私の常宿、二人の姉たちの家があったので、上京のたびにお会いすることが出来たのだった。清瀬の東京病院もこの沿線にあった。

ある日の夕方、雑談中に急にそわそわされて、相撲を見ようと言う。テレビは廊下を隔てた食堂にあった。先生は相撲がお好きで砂町時代からの縁で某部屋の後援会にも入って居られたから相撲界の事情にも詳しく話が弾み、土俵には人生の縮図があるなど、平素無口な先生には珍しくよく喋られた。「蕗煮る妻の贔屓角力は負け去んぬ」「風の唐黍テレビ相撲は押倒し」がある。当時の平穏な暮らしの中での寛ぎ、諧謔味溢れる句だ。このころ、先生は健康状態がいちばん良く、お倖せな時代だった。しかし、永くは続かず、やがてまた入退院の生活が続くことになる。

死後、奥さんの編まれた『酒中花以後』の終りから二番目に「風邪力士拳に咳しかなしけれ」もある。病院でも携帯テレビで相撲を楽しんで居られた。先生は予期せぬ転倒という事故で亡くなられた。半生を病床で過ごされた先生と違って、私は幸いにも健康で山の中の町に住んで、共通する趣味はテレビ相撲観戦くらいなものだが。八十も半ばまで長生きし、ようやく先生とは違った句を作れるようになったところだ。形ではなく、精神を受け継ぐのが、本当の師弟関係だと思っている。

（19・9・23）

モグラ

モグラの生態を知りたいと思っていると、モグラは清潔好きで寝室と離れてトイレがあり、そのフンを栄養にして生える「柄長の杉茸」という十七センチほどの茸があるという話を読んだ。何にでも研究者がいるものだ。ほかに食料貯蔵室や水飲み部屋もあるそうだ。モグラを知りたいと思ったのは、この春、土龍の穴に出口がない、という句が出来たので気になっていたのだ。

寝室に敷く枯草をとる時、子育てが済んで子供が出る時、餌が不足した時には移動するだろう。でも、出ようとすれば、いつでもどこでも出られるから、出入り口は不要なのだ。古来日本では日月星の光に触れると死ぬと言われていて、移動は闇夜であり出入りのたびに塞ぐのに違いない。

もう四十年も昔の夏の朝、玄関を出るとコンクリートの上にモグラが死んでいた。時間が経っていずに柔らかく、短い光沢のある毛の優しい手触りが忘れられないでいる。十二センチほど、目は小さく、前足は逞しい。いつまでも触っていたい気持ちだったが、丁重に土葬してやった。

動物図鑑によると本州にはフォッサマグナから西にコウベモグラ、東にアズマモグラがいる。ミミズや昆虫を食べる。農作物に直接被害を与えないが、畑がぼこぼこになり田水が抜けたりするので嫌われる。

中世の西欧では毛皮を特上の財布にしたり、近代でも毛皮のために英・露では乱獲された。中国・日本では黒焼きが痔や避妊に効くとされた。ギリシャのモグラは目がなかったのか、アリストテレスは解剖して、目の痕跡を確かめ、発生の過程で退化し皮膚が覆ってしまったのだと『動物誌』に述べている。光を嫌うのでキリスト教では悪魔、所によっては神になった。「土龍打ち」が歳時記にあるなど、なかなかの歴史や風俗を生んだ興味尽きない動物なのである。

（19・10・4）

温暖化災害

今年の気象は異常を通り越して異様だった。五月、しかも北海道で真夏日があった。今回は九月のルートで十九号台風が十月の半ばに上陸し、記録史上最大の水害をもたらした。熱い海水の作用であり、偏西風の南下が遅くなっている。夏が一か月も伸びている。これからも続く事態だろう。

長野県内では千曲川水系に「想定外」の降雨があり各地に大被害が出た。千曲川は名のとおり曲がりくねる川で過去にも悲惨な水害が多い。急流になる支流が多く曲る所や合流点から水害が起きた。わが旧丸子町でも橋が二つ壊され、不便になっている。海野宿では陸橋が折れて落ち、下を通っている鉄道が不通となった。別所温泉への鉄橋も落ちた。小諸・軽井沢方面に通じる橋の付根が崩れぽっかり穴が空いたが、ドシャ降りで前が見えず走ってきた車が三台濁流に呑まれた。私もよく使っている橋なのでゾーとした。

自然を壊していると、自然に復讐される。人間の文明は脆い。スウェーデンの十六歳のグレタさんは国連への行き来に航空機を拒み帆船を使った。火力発電の電気も石油もガスも使わないことなんて出来っこないと「みんな」考えるが、そこまでしなければこの温暖化から地球を救えないと少女は考えている。もし、それが出来ない社会体制ならば大人たちの体制を変えなければならないとさえ言う。大人たちは目先のことに振り回され、徐々に徐々に起こっている変化のことは災害が喉元を過ぎれば忘れる。しかし事態は進行していて、もう遅いのかも知れぬ。もう誰もノアにはなれない。温暖化の地球から誰も逃げ出せない。せめてこの際、軍事予算を削って電柱を地下に埋めることでも国会決議したらどうか。

（19・11・8）

コロナ・ウイルスとの対話

コロナちゃん、ご機嫌はいかがですか。「この島へ来てから少々くたびれました。それに三密禁止とかで、なかなか跳び移るのも大変です」。君はなんとも小さいからね。でもこんどは随分タイミングよく繁栄したな。「私は極貧の生き物ですが、セックスもせずコピーをかさね、皆さんのお陰でなんとか生き継いでいます。百年前にも大戦争をしていて随分助かりました」。あの時は君のために戦死者よりも病死者が多くなったりしたりして、平和になった。「その後、皆さんはケイザイもカガクや技術も進んで良くなったのやら、悪くなったのやら、コロにはわかりません。でも、同じニンゲンでも暮しがヒトによって極端によくなったり、極端に悪くなったりで、世の中が隙間だらけになって、コロも入りやすくなったみたいです」。

ニンゲンも太陽のお陰で生きているんだが、最近はそれでも足らないで、大昔の太陽の熱まで地下から掘り出して使うようになって、地球がだんだん温まってきています。こんなことを続けていると、生きものがみんな滅びてしまうんじゃないか、と心配する学者も出てきています。

「コロも例外ではないんですね、それは困るなあ」。すぐというわけじゃあないから、多くのヒトはコロちゃんをやっつけるほどには真剣になれないんだ。コロちゃんが出てきてくれたお陰で、ケイザイやセイジも変ればいい。でも、ニンゲンは利口なはずだが、それほど賢くはないなあ。自分だけよければいい。自分のクニだけよければいい。先のことは考えられない。

「コロも、悪いことばかりでなくて、なにかいいこともしたいなあ。仲間の中にはニンゲンやほかの生きものの中でいいことをして生きている仲間もたくさんいるんですから。なんとか、ニンゲンも協力して、これから先のことも考えてみませんか」。

（20・5・25）

死者の権利

非透過性納体袋合歓の花　高槻市　村松　護

読売新聞七月六日付けの俳壇に選んだ作品である。新聞では〈評〉に字数の制約があるのでやや補って再録しておく。「ひとうかせい・のうたいぶくろ・ねむの花」と読む。そして、こんな評を書いた。

〈評〉病原性ウイルスを通さない納体袋に死体が納められた袋が横たわる非情な状景である。病院から運び出され、葬儀もなく焼かれる。あるイタリアの哲学者は、死者の尊厳も権利も奪われ、物体として扱われていると嘆く。この句の救いは、合歓の花が配合されていること。「せめて安らかにお眠り下さい」の願いを汲みとりたい。

ことしの疫病の世界的流行はさまざまな形で詠われてゆくのであろうが、これは俳句という形式での無名の人の優れた達成かと思われる。六七五の硬い字余りも、非情な状況に相応しく感じられる。納体袋というものも今までない言葉であろう。これは日本の状景だが、南米のブラジルやペルー、インドやアフリカ諸国などでは、病院へも入れず、こうした袋にも入れて貰えない死体がごろごろしているらしい映像も見た。格差の激しい社会の中での貧しい死者たちは無論のこと、欧米や日本でさえ患者は見舞も許されず、葬儀もして貰えない。文明が到達したのは「死者の尊厳や権利の喪失」だったのか。だが、この対応はさらなる死者の増大を防ぐためには止むを得まい。人類はこの現実に耐えてゆく他はないだろう。私は季語の合歓の花に、眠るの意味を読む。

（20・7・2）

逃亡兵

新聞の投句に「病死餓死自死なる戦死敗戦忌」という句があった。敗戦忌というのは季語として問題で、敗戦に戦死者を詠うのはすでに類型的であるが「自死」を加えているのは鋭く真実を見据えている。少し直して採ろうと思う。でも、内容が重く悲しく評釈がはみ出してしまいそうだ。それで

戦死者に病死餓死自死敗戦日　八幡市　会田重太郎

と直して取り、こんな（評）を書いた。「太平洋戦争での日本軍の将兵の死者の内容を表現したものである。総数はどのくらいであったか。銃砲弾に当たり、軍艦や輸送船と沈んだ戦死者よりも病死者・餓死者の方が多かったのは事実で、悲惨な餓死が最も多かった。餓死や自殺はどこに分類されて遺族

に通知されたのだろうか。」

戦争こそ人類という生物が犯した、いや犯しつづける最大の悪であり、人間が無差別に、たんなる物体・物量として投げ込まれ数字として処理される。国内の空爆による死者、戦争が終ってからの引き揚げ者などの民間人の死者も、ひろく戦死に数えられてしかるべきであろう。

しかし、逃亡兵はどこへ含まれているだろうか。弾薬尽き糧食尽きたら捕虜になれという発想は多くの日本兵たちにはなかった。軍国主義の「戦陣訓」が骨の髄まで叩きこまれていたからである。でも少数、故国に帰らず、戦場であった植民地の独立運動に加わり現地人化した兵もいた。中国戦線で逃亡する知識人を描いた野上弥生子の小説『迷路』は、側背面から戦争を扱った秀作だ。七十五年前、私も神国不敗を信じさせられていた小学五年生だった。教育は怖いものだ。敗戦後、人間とはどういうものかを知ろうとする私の一生は始まったように思う。

（20・8・15）

楸邨の和歌

杜国死に其角は疎くなりし後芭蕉のこころいよよ冴えにき
火に逐はれいきいきと思ひつめしこともかく生きのこり平凡に帰す
亡き父が書きとめしといふアイヌ語抄つひにわが読むときなかるべし
共産主義小児病といふ語をききゐつつ十数年前のある日をおもふ
とりかへのきくものならばふくろふのまひるのかほをほしとおもへり

『加藤楸邨全歌集』が「全句集」と同時に出版された。ゆくりなくこの全句集の推薦文を書けと言われ、実に膨大なゲラを送られて読んだ。読んだというよりパラパラめくった程度であるが。こんなにまで「捨てた句」を網羅されて先生は喜んでいらっしゃるかどうかわからないが、今後の研究者にとっては大切な本になるだろう。でも今後、真に読み切れる人が現れるかどうかはわからない。やがて、本はズシリと届いた。私がまず手に取ったのは未読の全歌集の方であった。

先生について離れない疑問は、最後に御自宅に伺ったときにぽつりと言われた「私は俳人ではないのですよ」の一語である。このことは前にも書いたが未だ解決されていない。先生は本当は歌人になりたかったのではと微かに思いつづけている。先生の初学は短歌で、茂吉に惹かれていたが、縁あって俳句を作るようになった。自分の性格は俳句に向いていないと思われてきたのではあるまいか。短い俳句では自分の思いはどうしても盛り切れない。その無念が一つのテーマを執拗に繰り返す「全句業」の各所に現れているようにも思われてならない。歌は生涯にわたって時々作り、死の際に浮かぶのは俳句ではなく短歌だったと聞いている。

（20・9・2）

九条良経

昔誰かゝる桜の種をうゑて吉野を春の山となしけむ　二十二歳『秋篠月清集』
ただ今ぞ帰ると告げて行く雁を心に送る春の曙　〃

新聞の投句欄には、いろいろな方が居られ、こんな王朝の歌を教えてくれた人がいた。ドイツ文学を学び、ふとした機縁で良経の歌に出会ったといい、小さな論考を送って下さった。これは良経の最初期の作である。桜を植えた人がいるから吉野山があるという認識。ただ今帰りますと春の曙をゆく雁たちを「心に送る」というたおやかさ。なんと素朴で純真な歌であろう。九条良経（一一六九〜一二〇六）は、父兼実（『玉葉』の著者）から摂関家を継ぎ二十歳で既に摂政になっていた。叔父に『愚管抄』の慈円がいる。よき知的環境に育った彼は俊成―定家（彼は九条家の家司つまり事務官だった）を後援し歌会を主催し新古今調の基礎を作り、『新古今和歌集』（一二〇五年）仮名序を書き巻頭に「摂政太政大臣」として載せられた。これらはそうした最高位者とは感じられないナイーブな若者の歌である。かつて新古今を読んだとき彼の繊細な歌々に感動し、どこかに書いた記憶があって懐かしい。その後も

恋しとは便りにつけて言ひやりき年は還りぬ人は還らず

といった純粋さ、率直さを失っていない。彼は新古今が完成した翌年の三月七日寝所で暗殺された。三十七歳だった。時代は鎌倉幕府の創成期であり、宮廷内でも幕府派と反幕府派が抗争していた。私も今日も家集を斜め読みして家集のこんな歌に心惹かれる。実情の詠であろう。

夢の世に月日儚く明暮れて又は得難き身をいかにせむ

彼の死の背景に何があったのか、知れない。のち（十三年後）源実朝も暗殺されるが、二人の天性の歌人の暗殺死はむごたらしく哀しい。（20・12・16）

うたうことは

生きることは、果てしないむかしからつないできた命をつなぐこと。

うたうことは、はるかな日々からつづいてきたいのちをうたうこと。

うたうことは、いのちから溢れてやまないいのちのうたをうたうこと。未来のいのちたちがうたうために。

海を照らす光が暗い海底の微かないのちを生かすように、
いのちのうたを詠おう。いのちを生き、いのちを生かすために。

宇宙の片隅の小さなちいさな惑星に、
いのちから生まれ、生きているかすかな地球上の生き物たちとぼくたち。
愛って何、幸せって何などと考え悩みながら、いのちをつないでいるぼくたち。
ぼくたちを思い出してくれるかも知れない未来の命たちのために詠おう。
いのちの危機の世に。

（注記）年越しの宿で聴いたユーミンさんの歌に触発されて、こんなことを書いた。面識もないのに「さん」はヘンだが、友達の友達は友達……彼女は時々、山を下りてワインを買いにくるという。

（20・12・31）

宇宙は広くなった

中学生のとき二三の友達と教室の片隅で話した思い出がある。敗戦後「人はどこから来たか」という問題を与えたのは西欧系の宗教だったが、その時は俺たちはどこにいるのかが話題だった。結論は銀河系宇宙・太陽系・第三惑星・地球・北半球・アジア・日本・長野県の小県郡…。将来は天文学がいいかな、などと思ったりしていた。だが私の頭は全く理系ではなく、文系へ進んだ。しかし、その頃は夢にも考えられなかった進展を見せている自然科学の成果を理解できないながらに覗き見るのが好きだ。

いま、自然科学はそれぞれの分野で途方もなく広がり深まっている。物質の極小は分子・原子から数種の素粒子になり、生物では染色体が遺伝子構造になり、天文では宇宙の九十五パーセントが暗黒エネルギーと暗黒物質と分かり、人工衛星の望遠鏡や、電子顕微鏡で観察し、人工知能が分析し考える時代になっている。

「天の川」はどうだろうか。直径約十万光年の円盤状の真ん中が少し膨らんだ渦巻き銀河で恒星・星間物質・ダークマターの集団になった。太陽ほどの恒星が約百億あり、秒速約二百㎞で回転している。太陽系はその片隅にある。大宇宙（観測できる宇宙全体）には、こうした銀河が数千億もある。ヒトは約二万個の星を観察できたが、天の川だけで数百億個、宇宙全体ではその数千億倍の数の星（遠い銀河は一つの星に見える）があるわけだ。

いま騒いでいるウイルスはヒトの約十億分の一の大きさだが、われわれが見ている星空はほんの一部、ヒトがウイルスの小ささになって星空を眺めているようなものだから、こんな巨大宇宙が無限大にあってもおかしくはないだろう。しかし宇宙の片隅で、こんな科学を達成した人間というものは面白い。なぜ、われわれは、ここに現れているのか。星は考えない。（21・2・23）

よしなしごと

○この間、新聞の選で「遠くまで行きたいけれどまだ炬燵」という句があって、いたく心情にうったえられて採った。まだ寒いから炬燵にしがみついているというだけの句だが、自粛とかで「移動の自由」を奪われていることに、そろそろ我慢の限界に近づいている実情でもあろうか。

○プールで天文学者のMさんと知り合いになった。元はやぶさ一号にかかわった人で話が合う。人工衛星のことや、星の世界のことを裸で短時間ながら話す。暗黒物質とか暗黒エネルギーとか宇宙の限界とか、誰もよく分からないことがいい。なぜ何も分からないものが宇宙の九十五パーセントを占めていることが分かるのだろう。われわれに見えるのはたった五パーセントだけだなんて……こんなことは素人が考えたって分からないのは当たり前だが、彼も分からない。でも、学界で一つの発見があると何十もの新しい問題が出てくる、という。そこが違う。

○香港やウイグル族の自由が奪われ、今度はミャンマーの軍部によるクーデターが起こっている。これにも中国が関係しているらしい。中国の支配思想はヘーゲル左派のカール・マルクスに由来するが、マルクス主義はどうして独裁政権を生んだのか。マルクス思想は西欧の一神教へのアンチテーゼだったと私は考えているが、個人主義や自由主義に影響されていない後進地域でしか政権を作れなかった。「唯一の正しさ」を主張する点が、宗教的であってキリスト教と共通している。根本的なところは「唯一神」を奉ずるキリスト教の本質を継承しているのだろう。

（21・2・26）

人生の短さについて

セネカは「人生は短い」という警句について「人生は短くはない。短くしているのは人間だ」と言ったそうである。そして時間と「時」を区別して、時間は現代的にいえば物理的なもので「時」は記憶に残る—残っているような時だという。なるほどと思う。

そして古典を読むことを奨めている。過去の歴史、さまざまな人間の思考を読むことで自分の人生は永く、大きく、深く、広がる。それは確かだ。彼は偉大なギリシャ・ローマ文明が生み出した哲学や文学や歴史を蓄積し総合するローマ帝国の紀元一世紀という位置にいた大学者だったから、そのようにして人生を豊かに、賢く、じっくりと生きることが出来たのであろう。

セネカはストア派の哲学者で、悪名高いローマ皇帝ネロの執政官をつとめていたが、謀反に加担した罪で自殺を遂げた。風呂に浸かって血管から血を抜いて自殺したのである。『人生の短さについて』という岩波文庫がある。

私たちはどうだろうか？　それをしようとさえすれば、この島国だけではなく、世界の歴史につながることが出来るか、セネカが思いもしない自然科学の叡智に満ちた歴史についても知ることが出来る。なんと幸せなことだろう。それぞれの分野にわかれて展開されてきた探求のさまざまな知識を総合して、知恵に変えることだって出来る。しかし、やはり、人生は短いと嘆く。人類も短いのではないか。

（21・3・26）

科学者による歳時記

尾池和夫さんから『季語の科学』という本を頂いた。氏は地球科学者で京大総長まで務めた人で「氷室」を主宰する俳人でもある。興味のあるところから読みだしたら止められない。以下、少しばかり好きな季語から、私が知らないでいたので、驚いた部分を抜き出して紹介してみたい。

雷…「雷雲から弱い先駆放電があり、地表から延びる線条放電があり、それらがつながると主雷撃になる…夏の雷では一回の過程で10キロほどの範囲に何本もの電流の道ができる。雷鳴は落雷の衝撃音ではなく、放電の熱で空気の膨張が音速を超えた衝撃によって発生する…」

桜…「サクラの原産地はヒマラヤと言われる…突然変異の頻度の度合いが高く…熱海にあるヒマラヤサクラは冬に咲く…蜜が多く、果実は大きく食用になり、幹からガムが採れ…二酸化炭素や窒素酸化物の吸収率が染井吉野の五倍ほどあり、将来が注目されている。」

蕨・薇（わらび・ぜんまい）…アイヌ語でワラビを「わらんび」。「…東北地方ではゼンマイの綿毛を使った織物がある。…布は保温性や防水性に富み、また防虫・防カビ効果もある」

黄砂…「サハラ砂漠から飛来する砂は紅砂と呼んで区別する。黄砂も紅砂も十二日から十三日で…砂粒が数マイクロメーター以下の小さな粒子は遠くまで運ばれる…黄砂は北米やグリーンランドまで達する。」

章魚…「タコは高い知能を持つ。人が棄てたココナッツの殻を組み合わせて防御に使う。無脊椎動物で道具を使う初めての例…八本の触腕のうち一本が交接腕…先端が生殖器で雌…と精莢が受け渡される。」

こんな記述はかつて歳時記で読んだ記憶がない。こんな歳時記が出来たら面白い。

（21・4・11）

ワクチンと耳垢

○ワクチン注射をやった。ここ上田市も御多分にもれず順番を取るのに妻は悪戦苦闘していたが、かかりつけの医院に相談したら、ちょうどアキがありますからお出で下さいとのことで私も便乗して行き、二十分ほどで一回目が出来た。全く痛くもなく、後も何もなかった。

変異型にも効くか疑問はあるが、横浜のある大学の実証研究によると九十七パーセント大丈夫らしい。六月には行動の自由を獲得できる。それにしても科学国の日本国でワクチンを自国開発できなかったのは何故だろうか。基礎研究への援助を国が怠ってきたからではなかろうか。福島の原発が防波堤を高める僅かな工事をケチったのと同じで、かえって膨大なつけがまわってくる。

○どうも耳がよく聞こえなくなったような気がしていた。マスク時代になって句会で声の小さな人の控え目な声がよく聞き取れないことが出てきた。昨夜、友達と飲んだとき、まだ若い彼が補聴器をつけていて、見せてくれた。ドイツ製で世界最高級品という。試しにつけてくれたが、聞こえなくてもいい雑音まで聞こえる。スマホに連動していて録音再生まで出来るそうだ。まあ、全く聞こえなくなったら、これをつければ安心と思ったのだが、やはり今日、耳鼻科へ行ってみた。単純な耳垢づまりで二分ばかりで全快した。彼の補聴器は百万円。私の治療費は百八十円也。
　私は右耳に粘液がでる体質なので定期的にやれと言われる。待合時間の長いのは苦手だが、おかげで先月号に書いた科学的歳時記を通読した。

　幼いころの母の思い出はその膝を、枕にして耳垢を掃除してくれたことで、これが母の懐かしい思い出なのだ。

（21・5・15）

宇佐美魚目

『宇佐美魚目の百句』（武藤紀子著）を頂き、楽しみに少しずつ読んでいる。魚目さんは虚子の晩年の弟子で、例えば「東大寺湯屋の空ゆく落花かな」「最澄の瞑目つづく冬の畦」「すぐ氷る木賊の前のうすき水」「巣をあるく蜂のあしおと秋の昼」のごとき、冷え寂びて端正な句を遺した。現代には稀な「空気」を描ける人だった。たつきは書道教室。好きな吟行地は木曽の灰沢と神島。画家の香月泰男が好きで、その「一瞬に一生をかけることもある…」をよく語った。正月には毎年流麗な賀状を頂いた。人づてながら好意的な発言で励まされたこともある。お会いしたい人だったが俳人の会などには出ない人だったらしく機会を失ってしまった。句集では、『秋収冬蔵』が私は最も好きだ。晩年にかけて次第に鋭気が失われていったように感じられて寂しい。筆者の文章は簡潔にして余韻ある文体で、魚目を語るにふさわしい。彼の昔話も紹介されている。

魚目は若いころ数人の仲間と鎌倉の虚子庵詣でをした。新幹線のない時代で名古屋から何時間もかけて早朝に到着、門前で足踏みして待ち、やがて虚子に皆が句稿を差し出すと、虚子はおもむろに書斎へ行き選句して返す。誰もそこで開けてみる勇気はない。少し雑談をし、おいとまし、門を出るやいなや一斉に開けて、○や、を確かめるのだった。そうしたある時のこと。魚目がどきどきして開けてみると、何も印がついていない。勇気を振り絞って家に戻って「あのう」と言って句稿を虚子に見せると、虚子は「ああ、そうだったな」と言って、…書斎に引き返した。ああ良かったと喜んで待っていたところが、戻って来た句稿には、何の印もついていなくて、ただ最後に「虚子」と句稿を見たという印が書き足されていた。

（21・6・7）

締切り前の日録

午前中「仲間」の選句をし、パソコンに打ち、昼に妻とラーメンを食べ、隣のスーパーで晩飯のおかずを買う。なんとも珍しいことに日本海産の鯇（アラ）がある。鯖くらいの大きさの幼魚で安い。選句を済ませ、四時、プールへ泳ぎと歩き半々で五百メートル。期待どおりアラの塩焼きはたいへんに美味であった…酒も旨い。この魚の旨さを教えてくれたのは亡友のNで水炊き用の大型は極めて高価だったが、これは安い。皆、見知らない魚は買わないのだ。

九時、寝室に上がってチャンネルを回すと山崎豊子原作「大地の子」の最終回。これは時々見るくらいだったが、引き込まれて観てしまう。育ての親と生みの親との間に引き裂かれた中国残留孤児…感動的な終末だった。

十一時にはBSで大リーグの大谷翔平の結果を見るのが楽しみなのだが、今日はお休み。佐藤豊彦の古典リュートのCDで寝る。不思議によく眠れる音楽である。

翌日は、予選して置いた読売の選評を書く。「人間は宇宙のウイルス…」なんて面白い句があった。子規庵での句もあった。そういえば子規の「鶏頭の十四五本もありぬべし」を虚子は二度も選をした『子規句集』(岩波文庫)に入れなかったのは何故か…について考えた。彼の頑固さは相当なもの。ところが皮肉なことに、虚子は自分の「帚木に影といふものありにけり」をすべての句集から抹殺しようとしていたのだが、山本健吉が彼の代表作のトップに選んでしまった(『現代俳句』初版)ことなども愉快な出来事である。鶏頭も帚木も両方とも駄句だと思ったりしているうちに、昼飯の時刻になった。今日もソーメンかな。

(21・8・24)

堀田季何の句集

鮮烈で常識破りの変った句集だ。一章ごとに短文や諺などから始まることもその一つ。一例をあげれば「戦争は畜類にふさはしい仕事だ。しかもどんな畜類も人類ほど戦争をするものはない。トマス・モア」といったふうに。漢字は正字、旧仮名遣を用い、有季定型で、鋭く端的に現代を抉る内容との異和感のあるのも刺激的で、興味深く感じられた。

和平より平和たふとし春遅々と　　少年少女焚火す銃を組立てつつ
片陰にゐて処刑台より見らる　　蠅よりもかるく一匹づつに影
寒林を出づ樹にされてしまふ前　　水晶の夜映寫機は碎けたか

これらは句の独立性を重んずる私好みのほんの一部である。二十世紀以後の人類史から発想された句が多く、共感する。基礎もしっかりしている。あとがきで「堀田家の殆どが広島の原爆に殺されてゐる…」「幼少時から長い間を国際的な環境で過ごし…従軍、戦闘、引揚げ、原爆、後遺症等の生々しい記憶を伝承され…多国籍の友人たちと学び暮ら」したと生い立ちを語る。こうして作者は現代の歴史や社会を背負い、死の影がさす句が多い。

今日の大多数の俳句は「眼前の・日常の」経験や思考から作られているが、これらは「人類の午後」の夜や夜明け前の恥部を描く作品が多い。ナチスやヒロシマ…はほんの少し前のことに過ぎないし、現実の世界もさまざまな惨劇に満ちている。そう考えれば大きな差異はない。それによって新たなファシズムや戦争や人類の絶滅を警告すること。ここには確かな現代人がいる。詩には予言し、予告する役割もある。俳句も詩であれば、この句集の真摯な実験を受け止め、学ぶことが必要ではなろうか。面白い作家が出て来て楽しみである。

（21・10・5）

宇宙飛行士の話

宇宙船の修理を終って帰ってきた野口聡一さんが感想を某紙で語っていた。宇宙滞在はこれで三度目だそうだ。地球の上空たった四百キロばかりのところをぐるぐる回っているだけである。サッカー一試合相当の九十分で地球を一周する。（前半を昼、後半を夜としているが、変りがない）その宇宙船の真ん中あたりから出て、五十メートルほど手摺を伝わって船体の先端部の修理をした。あたりは真っ暗、まったく何も見えない黒。つまり太陽もなく星も他の銀河も全く見えない。脚の方には地球があったが「青」くはなく、ただ「まぶしい」だけで、ロマンも夢もない異世界だった。そんな中で彼は左手で船につかまり、右手で作業してきた。

なぜ、星も見えないのだろう。なにしろ、宇宙船は秒速7・9キロメートルで飛んでいる。見えるはずがない。でも、ぼんやり辺りが明るいじゃないかと想像するのだが、全くの漆黒の闇だった。まったく分からない？　船内では無重力状態の中で実験ばかりするが、その中で氏は自分を研究対象としていろいろ実験してみた。無重力では自分の手や足がどこにあるのか、目で見ないとわからない。伸びているのか曲がっているのかも感覚がないという。地球では筋肉で重力によって感じているのだが、それが消える。上下の感覚も消える。船内では天井や床、横壁を決め事として人為的に作っているだけという。寝るときはきっと箱に入って寝るんでしょうね。そんなところへ何億もの金を出して行く奴は見栄っ張り…。まあ、庶民のひがみでしょうが…、野口さんの結論は「結局、私たち人類に必要なものは全部地球にある。宇宙に行くと地球がパラダイスであるという真実をよく理解できます」。

（21・11・16）

不思議な思い出

わが夫婦には不思議な思い出がある。ときどき思い出しては二人で話すのだが、今もって何だかわからない。それは大学の卒業式の翌日のことだった。前日から妻が下宿へ来て式に出て、東京を離れる朝だった。下宿の小母さんに挨拶も終り荷物も少しはあるので、赤門前の通りでタクシーを拾って来ようと思っているとき、突然訪問者があって、上野駅まで送ると言う。同じ学校の学生であることだけは分かったが全く見知らない小柄な男だった。

変った男もいるものだと思ったが、私も変った男だから「何故だ」など言わないで好意を受けることにして妻と二人で乗り込んだ。上野駅ではまだ時間があった。待合室に座ると彼は自己紹介みたいなこと…自分はエゾエという、東大学生新聞の編集をしている、ダンス部それも社交ではなくフリーダンスで…去年は二三位だったなどと一方的に話した。

まだ二十分ほど時間があるのでと彼はトランプを出して手品を始めた。鮮やかな手捌きで面白かった。私は何故こんなことまでしてくれるのかも聞かなかった。相手もこれからどこへ就職するのかも聞かなかった。新聞部なら、何かの情報をもっているのかも知れない。二度ほど頼まれてそこへ書いたことがあったが、この男は知らなかった…不思議だが、そうも思わず何も尋ねなかった。学生だから名刺なんぞない。時間が来てジャーと言って別れた。妻は狐につままれたような気分だったようだ。その後もなんの付き合いもなく、忘れていた頃、新聞やテレビなどでリクルートとかエゾエという名を見聞きするようになった。

こんど思い出したのは「文春百年記念号」で百年の百人に入っていたからだ。江副浩正、副題に「心拍数が違う宇宙人」とあった。なるほど彼は宇宙人だったかと思った。

（21・12・21）

園女と「目」

長いながーい連休も、近くを歩いたりドライブするだけで過ごした。身の回りがちらかっているので片づけていたら、芭蕉記念館から頂いた「江東俳諧史跡さんぽ」というパンフが出て来た。すこしコロナが落ち着いてきたというので此処から講演を頼まれ資料として送ってくれたもの。ここは東京句会をしていたところでパラパラ見ていると近くに色々な史跡がある。その中に園女の歌仙桜も出ている。不勉強な私は園女が江戸に住んだことさえ知らなかった。彼女は芭蕉が死の十四日前、家を訪れ、

白菊の目に立てて見る塵もなし　芭蕉

を贈った人。私は「目に立てて見る」を絶妙、助詞「に」のたおやかさと書

いたことがある。(『歳華片々』)が何故、「目」が出て来るのかまでは検討しなかった。園女は伊勢の神官の子、大阪の斯波姓の医者へ嫁ぎ夫の目の治療を見習っていたらしく、夫の死後江戸へ出て眼科医として生活しながら俳句に専念したのだった。つまり芭蕉は挨拶の句に、そのことを取り入れているのではなかろうか。そうと知ると、この句は一層面白くなる。園女の代表作は「おほ(負)た子に髪なぶらるる暑さ哉」か。

深川公園に園女の歌仙桜があり、大火に幾度か会い碑も焼け、現在は一九三一年に植え直され渋沢栄一が揮毫した碑があり最晩年の筆になるという。別宅が近くにあった縁だった。栄一と俳句との縁は彼が十六歳のころ何度もわが町の伊藤洗耳(松宇の父)家(わが家から五分の)を商用で訪れたときではなかろうか。この縁で松宇は上京し、栄一の世話で就職した。その結果現在の句会形式が始まり近代俳句が盛んになったのだとも勝手に思っている。

その栄一最後の俳句との関わりが園女桜の碑となろう。(22・5・6)

人間と人類

氷水真赤広島被曝の日

○自分では忘れていたつまらない句だが、「NHK俳句」に載っていた。池田澄子さんの選出。十数年前ふっと浮かんだ句であった。そこで何がいいのか考えてみた。平穏な日常の景であること、卓上に真赤な氷水があるのみの単純な句だ。しかし、言われてみると一句の中にi音が6個もある。母音の中で例えばa音は明るいがi音は鋭い。突き刺さる語感。しかも「ヒ」の音が広島・被曝・日と三つもあることが分かった。期せずしてこの語が原爆投下や戦争に対する気持を支えていることを感じさせるのかも知れず、慣用語化した「原爆忌」という言葉に対して「被曝の日」が具体的な個々の被曝者をイメージさせるかも知れないなどと考えてみた。この言葉は三橋敏雄さんの「被爆者忌」に教わっていた。客観的で正確な言葉だ。なにも訴えていないところがいいのかも知れない。俳句はそれでいいのか？
○最近、「人間」と「人類」を対比して使い分けた小文に接して学んだ。
「人間にとって人類がいかに重荷であるかが日に日にあきらかになっていく。」
ハンナ・アーレントというナチスの迫害を逃れてアメリカに亡命した哲学者が残した言葉という。これは重要な発言で現在未来に対して大きな視点を提供するものだ。いまは「人間と人類」が対立している時代ではなかろうか。まあ、いつの時代もそうかもしれぬ。

樹を植ゑる人に人類重くあり　（22・7・19）

芥川我鬼の教師時代

私は就職活動ということを一度もしなかった。教職の資格試験を受けただけ。故郷で教職に就こうと思っていたからだ。朝鮮戦争後の就職難の時代で初任地は雪深い北信濃の飯山北高校の英語の非常勤講師。月給九千円。手当もボーナスも無い最低賃金だった。校長が工面して非免許の英語を教えた。早速「チョーサー」というあだ名が付いたのは教材がイギリスの古典作家チョーサーだったから…こんなことを思い出したのは、必要があって芥川龍之介を少し読み返したからである。『芥川追想』（岩波文庫）に横須賀の海軍機関学校時代の生徒が語った教師時代が面白かったからである。あだ名は「敗戦教官」だった。最初から教材にすべて敗戦や衰亡の歴史ものを選び「君たちは勝つことばかり教わって負けることを少しも教わらない。ここに日本軍の大きな欠陥がある。…戦争というものは勝った国も負けた国も末路においては同じ…多くの国民が悲惨な苦悩をなめさせられる」という調子でやったから、校内にたちまちセンセーションを巻き起こした。海軍だからよかった。もしも陸軍だったら即刻クビになり憲兵隊に拘引されただろう。また、どうして髪の毛を長くのばしているのか、と反感派の生徒から質問が飛んだとき「軍人とは、およそ人間にとって不適な存在である。元来のびる髪を短く刈り込むとは、その方が…不自然である」と即座に応じた。

これらを語ったのは戦争を生き残った生徒の一人だが、臆することなく時世を批判して止まぬ芥川の面目が躍如とある。既に最有力な新人作家であったことが守ってくれたのか。十年後、彼は戦争へ傾いてゆく世相の中に漠然とした不安を感じて自殺する。疲れ切ってもいた。一九二七年七月。死因となった不安を近づく戦争と結び付けて語る友はいなかった。前年の治安維持法で、既に検閲に引っかかる時代になっていたのである。（22・8・23）

芥川龍之介・追記

龍之介の教師時代のことを追記する。出典は岩波文庫の『芥川追想』で、ある編集者が敗戦後に未知の篠崎磯次という人から手紙を受け、指定場所に行って聞き取ったもの。彼は芥川の最初の授業を受けた生徒でどうしても思い出を伝えたかったのだ。彼は級長で一番の秀才で、土浦の海軍予科練の開設者、また敗戦後、厚木飛行場でその引き渡しを担当した人という。その授業についての話を追加したい。

「ほかの教官は、教壇に立っても、まさに直立不動の姿勢で講義したものだ。が、芥川龍之介だけは茄子紺サージの背広で、いつも椅子に腰をおろし、横向きになって、左足を上にもたせるように足をくみ、その左足の足くびのところを右手でかるくにぎって、いつも講義していた。いまの（昭和）天皇が摂政であったころ、横須賀鎮守府長官とともに見学に見えられた時も、彼は同じ姿勢で講義をつづけていた…」

ここには彼の徹底した人間平等感がうかがわれる。たとえ摂政が見学に来てもなにも特別な応対をするべきではなく、普段と同じように授業を続ければいい。これが生徒達には異様な状態であり、大きな衝撃として残ったのだ。

また授業中大砲を打つ音が聴こえてガラス窓をビリビリ震わせることがあり、彼は「いまごろ、ヨーロッパでは馬鹿なこと（戦争）をしてるだろう」とひとり言を言った。「どうして馬鹿なことですか？」と気負いだった生徒がきくと「人殺しをやってることが馬鹿らしいことなのだよ」と高飛車に言った。軍人養成の士官学校では極めて異常なことであった。

篠崎は思わぬ敗戦を迎えた時、どうしても後世に言い残したかったのであろう。書いたものより率直に言動が物語るときがある。私はますます芥川が好きになった。

（22・9・6）

みすずかる

信濃の枕詞は「みすずかる」とされてきたので「みすず」と名の付く地名や施設や「みすず飴」なんていう菓子さえある。ところが、これは誤読によって広まったものという。『広辞苑』では「万葉集の水薦刈（ミコモカルと訓む）を誤読したもの」と断定している。また『日本国語大辞典』では「羽倉信名は…水薦刈る」をミスズカルと訓んだ。この説は賀茂真淵の誤字説と相俟って枕詞として「みすずかる」を定着させたが、現在では〈薦〉の字のままでコモ（薦は菰に同じ）と読む説が有力となっている」とある。難しいものですねえ。お陰で私は久しぶりに万葉集を取り出して、

真菰刈る大野川原のみこもりに恋ひ来し妹が紐解く吾は

みご（こ）もりに＝こっそり　密会

などという歌も覚えた。これは別に大秀歌ではなくうんざりするほどある恋歌の一つに過ぎないが、どきどきするいい歌ですねえ。今の若者たちはこんな自然につつまれた恋を知らない人が多いのでは？　少子化を嘆くならば教科書にも採用して万葉集に親しませたらいい。

そして「恋」を万葉仮名で「孤悲」と書く歌が多いということも知った。むろん、恋は若者に多いけれど、孤独の哀しさ。夫に死なれ、妻に死なれ一人暮らす老人が多い。会話のない一人は淋しいだろう。私もだんだんと若い頃からの友達が少なくなった。皆、死んでしまって取り残された感じがしたりする。孤悲に近い。孤愁というのか。旅にも出たい。何をして老の日々を送るのがいいか。「老いらくの友」でも、いい。男女を問わず「やあ、おう」といって何でも話せる人が欲しい。

（22・12・18）

びっくりしたこと　二題

田舎暮らしで驚くことも少ないが、その季節になると見に行くものに案山子がある。それは生島《いく》足島《たる》神社の鳥居近くの田圃にあり、昨年は老夫婦と若夫婦に小さな子供が畦でおやつを食べているところ。お婆さんが作るのであろう。実にリアルで素晴らしい出来映えであった。

今年は座ったお婆さんが膝に赤ちゃんを抱いてお爺さんは立っていた。赤ちゃんが生まれ、上の子は幼稚園へ行き若夫婦は共稼ぎか、などと想像した。やや淋しいが立派だったので、しばらくたってまた見たくなって見に行くと、なんと、お爺さんが居なくなっているではないか。一人になったお婆さんが立って赤ちゃんをおんぶしている。家族に異変があったに違いない。刈り入れの忙しい時に作り替えたのであった。私は顔も名も存じないこのお婆さんを芸術家として尊敬している。

（22・10・15）

満月の八月三十日は曇っていた。日付が変った零時十五分ころ、トイレに起きて、廊下が明るいので、カーテンを開けると折しも月が雲間から出たところであった。そして月の周りにあざやかに金環がかかっていた。普通、暈は白いのに、黄金色に輝く見事な輪であった。月と金環のあいだは青く透いて美しい。妻を呼んだがもう寝たらしい。やがて、黒雲に隠れてしまった。

山に挟まれた町の、湿度の高い日の、ほんの二、三分か、偶然に近い瞬間だったのだ。こんなに美しく、珍しい月にはもう会えまい。私は縁起をかつぐ人間ではないのだが、吉凶をいえば、吉に違いないと思っておく。

金 環 を 飾 り 月 満 つ 何 の 意 ぞ

（23・8・31）

あとがき

『身辺の記　Ⅱ』以降、二〇一二年六月から二〇二三年まで雑誌「梟」に連載したものから八十九篇を収録した。

二〇二四年五月

渚　男

矢島渚男（やじま　なぎさお）

一九三五年長野県上田市生まれ。東大文学部卒。
石田波郷、加藤楸邨に師事。
「梟」主宰。読売新聞俳壇選者。

句集に『采薇』『梟』『船のやうに』『百済野』『冬青集』『何をしに』（近刊）など
著作に『白雄の秀句』『白雄の系譜』『蕪村の周辺』『与謝蕪村散策』『俳句の明日へⅡ—芭蕉・蕪村・子規をつなぐ—』『俳句の明日へⅢ—古典と現代のあいだ』『新解釈「おくのほそ道」』『虚子点描』『身辺の記』『身辺の記Ⅱ』など

身辺の記 Ⅲ 奥附

著者 矢島渚男＊装幀 安曇青佳＊発行日 二〇二四年七月三〇日初版
発行者 菊池洋子＊印刷 信毎書籍印刷・ウエダ印刷＊製本 新里製本
発行所 〒一七〇―〇〇一三 東京都豊島区東池袋五ノ五二ノ四ノ三〇三
紅（べに）書房 https://beni-shobo.com info@beni-shobo.com
電話 〇三（三九八三）三八四八
FAX 〇三（三九八三）五〇〇四
振替 〇〇一二〇‐三‐三五九八五

ISBN978-4-89381-369-5
Printed in Japan, 2024

矢島渚男の本

俳句の明日へⅡ

―芭蕉・蕪村・子規をつなぐ―

俳壇内外に話題を呼んだ、明日の俳句世界へ向けた貴重な論集。初期の虚子論数篇を所収。

再版　四六判　上製カバー装　312頁　二四〇〇円（税別）

俳句の明日へⅢ

―古典と現代のあいだ―

前著より九年、飽くなき探求を続ける筆者が遥かな時空を見据え語る熱き論。

四六判　上製カバー装　312頁　二四〇〇円（税別）

紅書房刊